刘存发 著

春光秋色淡香来

咏花词三百首

李琯篯 题

山西人民出版社

图书在版编目（CIP）数据

春光秋色淡香来：咏花词三百首 / 刘存发著. --太原：山西人民出版社，2020.6
ISBN 978-7-203-11446-8

Ⅰ. ①春… Ⅱ. ①刘… Ⅲ. ①词(文学)—作品集—中国—当代 Ⅳ. ①I227.8

中国版本图书馆CIP数据核字(2020)第092158号

春光秋色淡香来：咏花词三百首

著　　者：	刘存发
责任编辑：	高　雷
复　　审：	武　静
终　　审：	秦继华

出 版 者：	山西出版传媒集团·山西人民出版社
地　　址：	太原市建设南路21号
邮　　编：	030012
发行营销：	0351-4922220　4955996　4956039　4922127（传真）
天猫官网：	http://sxrmcbs.tmall.com　电话：0351-4922159
E-mail：	sxskcb@163.com　发行部
	sxskcb@126.com　总编室
网　　址：	www.sxskcb.com

经 销 者：	山西出版传媒集团·山西人民出版社
承 印 厂：	山西基因包装印刷科技股份有限公司
开　　本：	787mm×1092mm　1/32
印　　张：	7.125
字　　数：	130千字
印　　数：	1—6600册
版　　次：	2020年6月　第1版
印　　次：	2020年6月　第1次印刷
书　　号：	ISBN 978-7-203-11446-8
定　　价：	39.00元

如有印装质量问题请与本社联系调换

百花争艳竞风骚
（代序言）

铺遍山原迎早春,根须扎地系平民。

只添绿色不争艳,册载旗开万象新。

这是2018年我为野草诗社成立40周年口占的一首贺诗,也是对野草诗社甘为绿草衬红花崇高境界的一种赞颂。然而,具体到每个"野草人",他们的诗词作品,同样是伟大中华诗国满园春色里的鲜艳花朵。日前,野草诗社常务副社长兼秘书长何小平先生向我转交了野草诗社常务副理事长刘存发先生的《春光秋色淡香来——咏花词三百首》,不禁使我眼睛一亮,这无疑是"野草人"为中华诗国百花园奉献的一束飘香的新花。

刘存发先生是天津华厦建筑设计有限公司董事长、正高级工程师、注册城市规划师、国家一级注册建筑师、"全国勘察设计行业优秀企业家""中国好人"荣誉获得者。中国楹联学会诗赋委员会副主任、野草诗社常务副理事长、天津市楹联学会副会长、天津市野草诗社副社长等,只是他的社会兼职。他主业干得连创佳绩,兼职也兼得风生水起。特别他从小就有花的情结,感念有花的日子,认为是花的仙姿、花的美丽、花的心语、花的品格给了他启迪,给了他智慧。于是,他利用业余时间,填了咏花词三百首,成了一部丰收的结集。

打开《春光秋色淡香来——咏花词三百首》,犹如进入花的世界，顿感奇葩夺目、香气袭人。作者以不同词牌、不同视角，对他心仪的各种花仙美神纵情吟咏，饱蘸浓情。如《浪淘沙·梨花》："细雨锁重门，泪洒黄昏。客愁无奈送残春。信步寻芳行野陌，素雪纷纷。　　旧梦忆清新，此处思君。一溪烟月伴飞云。冷蕚琼枝香暗送，倩影销魂。"上阕写赏花，作者抓住了古人"梨花一枝春带雨"的梨花最美之经典意象，写细雨中的梨花。但此时梨花之美是凄美，雨变成了泪，时间是黄昏，季节是残春，结局是素雪纷纷的落花惨状。这一切凄婉惨淡的对花的描写，都是为了烘托引出下阕的主题：思人。旧梦回忆起来依旧清新，此时此处倍思君——作者的心上人。而后面的"烟月""飞云"之句，又喻示出此君已经和作者分手，或者已经远去，也许永远不会回来。但这种深切的思念和深情的回忆，使作者目睹冷蕚琼枝，仍觉有暗香相送。看看梨花的愁容，想着心上人的倩影，不免如痴如醉、魂销魄飞。如此痴情悲怅，读来令人荡气回肠。这等清新凄婉之词作，出自从事建筑设计的董事长之手，正是我曾提出的"人性的立体与诗情的多元"诗论观点之又一例证。和这篇有异曲同工之妙的《蝶恋花·芦花》，结句发出"似是前时分手处，野芦依旧人何去？"也是这种睹花思人的惆怅心结的写照。

再如，《鹊桥仙·水仙花》："不求银盏，不争寸土，静守半瓯清水。灵根石下蕴冰肌，早春冷、扶风摇翠。　　翠眉淡扫，金腮轻染，书案待梅相会。玉箫吹梦绕瑶台，月影下、娥娘舞醉。"首先写出水仙花不争寸土，冰清玉洁的高雅品格，然后写出百忙中的作者，难得夜里静下心来，赏花伴月的恬淡情怀。《秋波媚·海棠》：

"红影婆娑暗销魂,翠叶护苔痕。新妆初试,朱唇细点,淡粉轻匀。春光半数归桃李,娇色剩三分。枝枝夺秀,风前解语,月下传神。"作者则以清新明快的笔法,描绘出被誉为"百花之尊"的"国艳"海棠之风姿神韵。使人读来有赏心悦目之感。还有的篇什,作者借花警世,风趣幽默,入木三分。如《山花子·石榴花》:"仲夏群英少著花,熏风带雨润新葩。日照灯笼引飞蝶,影横斜。玉蕊飘仙开绛帐,芳心喷火映丹霞。多少名流裙下拜,问卿家。"在热情奔放地吟咏讴歌了石榴花的玉蕊飘仙、芳心喷火之后,笔锋直转石榴裙下,试问历史上曾有多少名流拜倒在石榴裙下。

无须过多地举例了,存发诗家对花卉的钟情、对生活的热爱、对诗词艺术的追求,已跃然纸上。相信读者通过阅读这部诗集,一定会对如花的年华有更多的珍爱,对如诗的岁月有更新的理解,对如梦的人生有更深的感悟。当然,诗词是抒情的个性化的文学,从内容与审美心理上看,与诗相比,词更偏于主情——特别是爱情以及乡情、友情等。然而,人的感情是异常复杂的心理活动,它有时激越昂扬,有时恬淡宁静;有时偏于壮美,有时偏于优美。后人关于宋词婉约与豪放的分野,实际就是词风优美与词风壮美的另一种表达方式,二者不可偏废。刘存发先生的这部诗词集,由于吟咏对象是花,就难免词风以婉约为主,但这并不排除有其他豪放之作。

存发先生作为一名百忙中的成功企业的董事长和业余诗词爱好者,能取得如此创作成就实属不易,可喜可贺。当然,如果能对相关词牌的理解与把握再深刻一些,对各类花品的意象构建再拓展一些，其诗词创作的艺术境界还会得到进一步提升。在这里，不妨把2007年4月21日我于山东菏泽牡丹之乡即席创作的一首咏牡丹词作抄录如下，与存发诗友交流共勉：

沁园春·菏泽牡丹

国色天香，百态千姿，重彩靓妆。看连阡接陌，胡红魏紫，争奇斗艳，豆绿姚黄。谷雨三朝，盛开怒放，一望无垠似海洋。云集客，会花魁胜地，不负春光。雍容富贵吉祥，甲天下、千秋美丽王。赞柔枝铁骨，坚贞不屈，含冰饮雪，孕育芬芳。历尽贫寒，今逢盛世，万种风情锦绣乡。带新雨，正娇颜笑绽，醉了朝阳。

受朋友之托，匆忙拜读，有感而发，仓促成篇，权且为序。

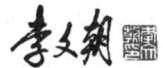

庚子仲夏于北京齐贤斋

注：李文朝系中国作家协会诗歌委员会副主任，中华诗词学会第三、四届常务副会长，国务院参事室中华诗词研究院顾问，"诗词中国"最具影响力诗人；中国人民解放军原电视宣传中心主任，少将军衔，高级记者，硕士研究生导师，享受国务院政府特殊津贴。

目录

001	念奴娇·梅花	023	钗头凤·水仙
001	念奴娇·杨花	023	钗头凤·杨花
002	念奴娇·水仙花	025	采桑子·菊花
003	念奴娇·梨花	026	采桑子·兰花
005	虞美人·牡丹	026	采桑子·牡丹花
006	虞美人·梨花	027	采桑子·水仙花
006	虞美人·芦花	027	采桑子·杏花
007	虞美人·水仙花	029	采桑子·寻梅
007	虞美人·桃花	030	蝶恋花·葵花
009	朝中措·咏兰	030	蝶恋花·凌霄花
010	朝中措·菊花	031	蝶恋花·芦花
010	朝中措·梨花	031	蝶恋花·蔷薇花
011	朝中措·梅花	032	蝶恋花·石榴花
011	朝中措·赏菊	032	蝶恋花·水仙花
013	沁园春·咏雪	033	荷叶杯·凌霄花
014	沁园春·菊花	033	荷叶杯·芦花
015	沁园春·兰花	033	荷叶杯·水仙花
016	沁园春·蔷薇花	033	荷叶杯·杨花
017	沁园春·杏花	035	定风波·咏梅
019	卜算子·兰花	036	定风波·海棠花
020	卜算子·芦花	036	定风波·凌霄花
020	卜算子·梅花	037	定风波·芦花
021	卜算子·梨花	037	定风波·杏花
021	卜算子·雪花	038	好事近·海棠花
022	钗头凤·凌霄花	038	好事近·荷花
022	钗头凤·芦花	039	好事近·葵花

039	好事近·梨花	058	减字木兰花·海棠花
040	好事近·牡丹花	058	减字木兰花·菊花
040	好事近·蔷薇花	059	减字木兰花·咏葵花
041	风光好·荷花	059	减字木兰花·凌霄花
041	风光好·葵花	060	减字木兰花·梅花
042	风光好·凌霄花	060	减字木兰花·桃花
042	风光好·芦花	061	减字木兰花·杏花
043	风光好·水仙花	061	减字木兰花·杨花
045	感恩多·水仙花	063	玉楼春·海棠花
046	感恩多·海棠花	064	玉楼春·荷花
046	感恩多·荷花	064	玉楼春·梨花
047	感恩多·凌霄花	065	玉楼春·牡丹花
047	感恩多·石榴花	065	玉楼春·桃花
048	花非花·海棠花	066	玉楼春·雪花
048	花非花·凌霄花	067	临江仙·海棠花
049	花非花·芦花	067	临江仙·葵花
049	花非花·水仙花	068	临江仙·芦花
050	金缕曲·海棠花	068	临江仙·蔷薇花
051	金缕曲·荷花	069	临江仙·雪花
052	金缕曲·画菊	070	柳含烟·海棠花
053	金缕曲·蔷薇花	070	柳含烟·梨花
054	后庭花·石榴花	071	柳含烟·葵花
054	后庭花·海棠花	071	柳含烟·杏花
055	后庭花·葵花	072	柳含烟·雪花
055	后庭花·水仙花	073	浪淘沙·梨花
057	减字木兰花·咏兰	073	浪淘沙·凌霄花

075	浪淘沙·咏兰	094	南歌子·蔷薇花
076	浪淘沙·石榴花	094	南歌子·石榴花
076	浪淘沙·桃花	095	南歌子·桃花
077	浪淘沙·杏花	095	南歌子·杨花
077	浪淘沙·杨花	097	南歌子·凌霄
078	柳梢青·菊花	098	青玉案·荷花
078	柳梢青·葵花	098	青玉案·芦花
079	柳梢青·兰花	099	青玉案·桃花
079	柳梢青·牡丹花	099	青玉案·杏花
080	柳梢青·寻梅	100	青玉案·雪花
080	柳梢青·杨花	101	秋风清·残荷
081	满江红·海棠花	101	秋风清·菊花
082	满江红·枯荷	102	秋风清·芦花
083	满江红·芦花	102	秋风清·水仙花
084	满江红·水仙	103	鹊桥仙·白莲
085	满庭芳·梅花	103	鹊桥仙·芦花
086	满庭芳·梦入桃源	104	鹊桥仙·水仙花
087	满庭芳·雪花	104	鹊桥仙·桃花
088	满庭芳·寻莲	105	鹊桥仙·杨花
089	南歌子·海棠花	107	南乡子·牡丹花
089	南歌子·荷花	108	南乡子·海棠花
091	南歌子·梅	108	南乡子·荷花
092	南歌子·菊花	108	南乡子·梨花
092	南歌子·兰花	109	南乡子·石榴花
093	南歌子·梨花	109	南乡子·杏花
093	南歌子·牡丹花	109	南乡子·咏葵花

110	珠帘卷·梨花		126	山花子·芦花
110	珠帘卷·牡丹花		126	山花子·荷花
111	珠帘卷·蔷薇花		127	清平乐·寻梅
111	珠帘卷·桃花		127	清平乐·雪花
112	醉春风·蔷薇花		129	清平乐·咏蔷薇
112	醉春风·水仙		130	清平乐·桃花
113	醉春风·雪花		130	清平乐·菊花
113	醉春风·杨花		131	苏幕遮·芦花
115	菩萨蛮·雪花		131	苏幕遮·水仙花
116	菩萨蛮·杏花		132	苏幕遮·杨花
116	菩萨蛮·兰花		132	苏幕遮·梨花
117	菩萨蛮·凌霄花		133	苏幕遮·兰花
117	菩萨蛮·梅花		134	天仙子·芦花
119	菩萨蛮·菊花		134	天仙子·蔷薇花
120	菩萨蛮·蔷薇花		134	天仙子·水仙花
120	菩萨蛮·咏葵花		135	天仙子·桃花
121	菩萨蛮·石榴花		135	天仙子·葵花
122	如梦令·海棠		135	天仙子·采莲
122	如梦令·葵花		137	秋波媚·海棠
122	如梦令·梨花		138	秋波媚·兰花
123	如梦令·石榴花		138	秋波媚·牡丹
123	如梦令·牡丹花		139	秋波媚·蔷薇花
124	山花子·蔷薇花		139	秋波媚·石榴花
124	山花子·石榴花		140	秋波媚·杏花
125	山花子·水仙花		140	秋波媚·采莲花
125	山花子·杏花		141	秋波媚·菊花

142	忆秦娥·芦花	158	上西楼·杏花
142	忆秦娥·水仙花	159	上西楼·凌霄花
143	忆秦娥·桃花（平韵）	160	水龙吟·牡丹花
143	忆秦娥·凌霄花（平韵）	161	水龙吟·桃花
144	忆秦娥·杨花	162	水龙吟·杨花
145	忆王孙·兰花	163	水龙吟·梨花
145	忆王孙·梨花	165	少年游·石榴花
146	忆王孙·凌霄花	166	少年游·石榴花
146	忆王孙·梅花	166	少年游·梨花
147	忆王孙·牡丹花	167	少年游·杨花
147	忆王孙·蔷薇花	167	少年游·兰花
148	忆王孙·杨花	168	水调歌头·石榴花
148	忆王孙·桃花	169	水调歌头·杏花
149	忆王孙·石榴花	170	水调歌头·雪花
149	忆王孙·菊花	171	水调歌头·牡丹花
151	人月圆·杨花	173	乌夜啼·水仙
152	人月圆·兰花	174	乌夜啼·葵花
152	人月圆·蔷薇花	174	乌夜啼·蔷薇花
153	人月圆·石榴花	175	乌夜啼·桃花
153	人月圆·杏花	175	乌夜啼·白荷
154	人月圆·寻梅	176	永遇乐·凌霄花
154	人月圆·菊花	177	永遇乐·牡丹花
155	上西楼·牡丹花	178	永遇乐·石榴花
155	上西楼·石榴花	179	永遇乐·白荷
157	上西楼·蔷薇	181	西江月·咏兰
158	上西楼·杏花	182	西江月·菊花

182	西江月·凌霄花	196	江城子·海棠花
183	西江月·桃花	196	江城子·荷花
183	西江月·杏花	197	江城子·菊花
184	西江月·雪花	197	江城子·凌霄花
184	西江月·观梅	197	江城子·杏花
185	一剪梅·葵花	199	渔歌子·菊花
185	一剪梅·牡丹花	200	渔歌子·杨花
186	一剪梅·蔷薇花	200	渔歌子·杏花
186	一剪梅·寻梅	201	渔歌子·荷花
187	一剪梅·芦花	201	渔歌子·梨花
189	忆江南·石榴花	203	渔歌子·牡丹花
190	忆江南·海棠花	205	渔歌子·咏兰
190	忆江南·梨花	207	渔歌子·葵花
191	忆江南·凌霄花	208	渔歌子·凌霄花
191	忆江南·牡丹花	208	渔歌子·石榴花
191	忆江南·杏花	208	渔歌子·雪花
192	忆余杭·残牡丹	209	渔歌子·蔷薇花
192	忆余杭·桃花	209	渔歌子·桃花
193	忆余杭·芦花	209	渔歌子·海棠花
193	忆余杭·杨花		
195	忆余杭·梨花	210	感念，有花的日子

扫一扫，欣赏诗词朗读

念奴娇·梅花

岁寒时节，正冰凝野径，雪痕无迹。万木萧疏零落尽，唯有玉奴堪惜。千古心思，屡当信使，暗送春消息。东君未到，早闻南国短笛。

好趁银界清凉，群英酣睡，冻萼争寒碧。试看枝头三两朵，点破一园幽寂。隐约窗前，朦胧月下，顾影迎风立。夜长宵冷，不知香为谁溢。

念奴娇·杨花

章台古道，正轻黄新吐，早莺啼翠。金缕柔情姿袅娜，玉影纤魂如醉。一霎风旋，香团无数，乱把游丝戏。窥帘敲牖，过庭闲蹑花底。

锦帐半掩楼台，晕妆水榭，断絮清波里。尚忆别时今已久，欲折一枝相寄。鸿雁无音，沉鱼失信，唯有伤心泪。缠绵飞舞，野塘临水飘坠。

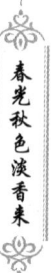

念奴娇·水仙花

案头香绕,撩幽梦江渚,泪倾难绝。尚记湘娥挥缟袖,瘦影拥星擎月。风扫黄冠,雨扶翠带,波上飘罗袜。瑶琴凄切,不知弦为谁咽。

莫等兰弟梅兄,春来我舍,娇色帏前叠。清晓银盘经细剪,午后金卮盈雪。了得今宵,芳销梦倦,窗外冰澌结。仙人归去,远方犹见兰楫。

念奴娇·梨花

数枝香雪,正闲窗帘卷,闭门听雨。酒晕腮红还施粉,未比醉中清素。玉骨琼姿,凝脂滴翠,冰艳孤芳露。半开半落,旧情新意难诉。

总有野蝶游蜂,故园飞遍,不解花无语。好景未邀词客赏,小院匆匆飘絮。愁对黄昏,铅华洗尽,寂寞归何处?管哀弦咽,一帘春色归去。

春光秋色淡香来

欲ướng春色候佳节 休问云和月
不随桃李竞芳 百卉湘寒青帝
为剪妆 匹丛情态无人浅睡
赏须晴日姚黄魏紫眼中来笑
问天香艳色为谁开

刘禹锡赞虞美人 牡丹一首 己亥秋 唐云来书

虞美人·牡丹

欲留春色候佳节,休怪云和月。不随桃李竞芬芳,百卉凋零青帝为新妆。

卧丛情态无人识,胜赏须晴日。姚黄魏紫眼中来,莫问天香艳色为谁开。

虞美人·梨花

一庭烟月花如雪,寂寞深门闭。风摇丽影暗香来,恬淡笑颜今夜为谁开。

子规依旧啼春暮,秀质添愁绪。清姿冷艳莫相争,已是风和雨过近清明。

虞美人·芦花

水中摇影波间舞,家在陂塘住。夕阳无意剩烟霞,总是西风生事弄琼花。

远滩已见秋光老,素雪飘多少。万仙低卧自轻柔,目断凄凉千亩惹闲愁。

虞美人·水仙花

洛神出浴凌波去,玉骨留何处。生来俏丽落凡尘,故借一盆湘水著银根。

风裁雪剪寒英瘦,更得瑶簪秀。不知俊雅为谁芳,应是案头春早自先香。

虞美人·桃花

和风朗日疏枝叶,淡蕊妍羞月。素颜玉貌枉留人,露润丹唇无主也伤神。

故园已是花如海,不见征人在。三春红雨惹莺愁,蝶梦穿花随水向东流。

窗前拖曳雨三枝，月下影参差。
疑是美人偏被风吹，娜娜多
姿。空据千年辨芳馨，香气依依。
梦里汉皋双珮，魂飞湘水
凝诗。

刘存荣先生相册中楷《永兰》一首
岁次己亥春月　张建会书于津

朝中措·咏兰

窗前摇曳两三枝,月下影参差。疑是美人缟袂,风中婀娜多姿。

云裾千缕,孤芳一束,香气依依。梦里汉皋照影,魂飞湘水凝诗。

朝中措·菊花

天高云淡晚风吹,游子故园归。入径冷香扑鼻,卷帘佳色开眉。

篱边疏菊,傲霜吐雪,浓淡相宜。处士深杯欲醉,佳人瘦影添痴。

朝中措·梨花

小园剪雪望玲珑,寒玉灿晴空。夹岸临风浥露,数枝带雨香浓。

叹春难懂,淡妆粉白,不染腮红。欲向清波照影,落花逐水流东。

朝中措·梅花

几株梅树笑风生,弄影古兰亭。昨夜暗香淡送,绽开千朵寒英。

清妍冻蕾,折枝难寄,枉费深情。愿冒一天飞雪,寻诗探访梅兄。

朝中措·赏菊

故园好景恰三秋,携手放吟眸。湖岸半池荻雪,水中一叶轻舟。

余香淡泊,寒芳孤艳,篱落清幽。遗梦白衣送酒,醉邀陶令重游。

登阁凭栏海目阴云遍野 香泛落玉田千顷 广披淡彩 琼花万朵素裹 银妆壮比仙宫美 如童话我缕炊烟隐雪乡 寒林处见一厚帏 鹊振翅翻飞哪堪刺骨寒霜任清泠风吹竞漫 狂挥素笺尚远了无暇行 错人清瘦未解愁肠惟 有诗心甘寂寞伴我闲来渡上荒长桥畔正 六花朵朵争艳报春

刘在葵词 沁园春 咏雪
岁在乙亥立秋沽上陈启智书

沁园春·咏雪

登阁凭栏,满目阴云,遍野杳茫。看玉田千顷,广披淡彩,琼花万朵,素裹银装。壮比仙宫,美如童话,几缕炊烟隐野乡。寒林外,见一群归鹊,振翅翱翔。

哪堪刺骨寒霜,任清冷风吹竞漫狂。叹春光尚远,了无暖信,离人消瘦,未解愁肠。唯有诗心,不甘寂寞,伴我闲来渡远荒。长桥畔,正六花朵朵,争艳梅香。

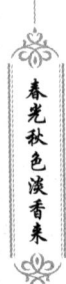

沁园春·菊花

　　夜雨朝停,千里晴空,又近重阳。叹一年好景,秋难留住,三冬渐进,春更遥长。落叶纷飞,西风料峭,林木青葱尽泛黄。凝眸处,见露痕未尽,半化轻霜。

　　谁能伴我凄凉,更不见苍松映小窗。看东篱斜照,黄花艳丽,南山远影,流翠芬芳。骚客悠然,佳人消瘦,浸润诗笺分外香。吾庐小,欲邀来陶令,把酒疏狂。

沁园春·兰花

草色阶前,绿影婆娑,雨后独芳。正云笺泼洒,墨痕未尽,丹青点染,画笔生光。玉带临风,碧花凝露,意泰飘然透锁窗。新窗上,有春风送暖,纸泛清香。

《离骚》千古辞章,辟九畹滋兰最久长。想当年屈子,惟余血泪,如今楚地,岂少忠良。仰慕英灵,以身许国,自赴汨罗怨满江。追思远,写孤高自洁,几许疏狂。

沁园春·蔷薇花

满架长条,丽影婆娑,绿幕半悬。正猩红吐萼,娇容初洗,雌黄漫染,笑貌嫣然。玉露含风,嫩青凝翠,碎锦轻飘映绣帘。芳香吐,正柔情绽放,醉倚朱阑。

吟人望刺难言,屡伤指还将秀句填。看蛮腰虽细,知君有意,老身仍健,奈我何干?莫引游蜂,休惊蝶梦,百叶牵裙自绕缠。浓荫下,似美人妆罢,七宝珠簪。

沁园春·杏花

晓雨初停,洗尽尘埃,翠幕换姿。似东君无意,方池水碧,短篱草绿,曲径枝敧。粉淡轻红,轻颦浅笑,疑是仙娥醉后归。晴云下,正一庭春色,影照帘帏。

家山景好称奇,更何况黄昏欲尽时。恨春风匆切,相欢几度,行人多事,欲寄无期。燕入新窠,蜂回旧蕊,彩蝶迟来绕叶飞。吾何幸,有梅枝先引,桃李同随。

百年漫陟崖蘭蕙媽睛日继是斜陽微露時也有芳馨逸散兼有儔侶石標孤梅獨隱陳林霽士窗好待桃源客

录刘孝威先生词一首 任长文书

卜算子·兰花

百草漫阴崖，兰蕙娇晴日。纵是斜阳欲落时，也有芳馨逸。

散叶有仙风，倚石标高格。独隐疏林处士窗，欲待桃源客。

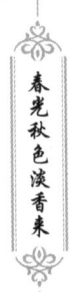

卜算子·芦花

身立碧波中,根卧深泥内。朝伴霞光冉冉升,晚系斜晖坠。

已送雁南归,更见西风起。一派苍茫似雪飞,梦断连千里。

卜算子·梅花

寂寞短篱边,凄冷清溪绕。疏影香馨梦正酣,霜辱风欺扰。

词客不须邀,细蕊花开杳。残雪冰凌尚未融,先自春来报。

卜算子·梨花

秀质并芳姿,笑靥香痕露。怅望城西雪色新,欲与谁相诉。

几度醉清明,一夜携春去。久闭柴门听雨声,莫问莺归处。

卜算子·雪花

大雪压残枝,犹有清馨透。傲立孤梅蕴冷香,寂寞黄昏后。

帘外起长风,灯影明如昼。银海茫茫映小窗,共饮椒花酒。

钗头凤·凌霄花

盘松柏,依岩石,饮风餐露枝头逸。腰纤细,姿柔丽。乱藤牵葛,绛葩摇翠。媚,媚,媚。

爬千尺,亲红日,九霄天外深情掷。凌云志,空名寄。可怜攀附,与谁言对。累,累,累。

钗头凤·芦花

吟烟水,尝兼味,卧观霞起斜阳坠。晴翻雪,风扬屑,笛声凄楚,皱波摇月。绝,绝,绝。

芊芊苇,绵绵穗,扎根荒渚缘何意?秋情切,清霜冽,暮深溪冷,梦乡悲噎。别,别,别。

钗头凤·水仙

风前曳,波间戏,半瓯清水银丝瘘。颜如雪,羞明月。青茎摇袂,冷魂孤洁。绝,绝,绝。

凡尘事,情难寄,乱愁闲绪今还记。依苍碣,飘黄蝶。金卮凋蕾,玉盘零叶。别,别,别。

钗头凤·杨花

青芽吐,黄金缕,画楼西畔风飘絮。身生翅,飞千里。九分归土,一分随水。逝,逝,逝。

春将去,情难续,灞桥离别愁无数。人间味,由谁慰。晓烟无寐,折枝清泪。坠,坠,坠。

春光秋色淡香来

西风扫叶掩柴扉，霜木染疏黄远翠。行处散寒菊半春色发头朝，阳韵胜群芳，日往来蕊边冷香。

刘克庄采菊咏菊一首 庚子月 郝军

采桑子·菊花

西风扫落梧桐叶,草泛繁霜。木染疏黄,遥衬天边雁几行。

几丛寿客争秋色,粲若朝阳。韵胜群芳,自在东篱蕴冷香。

采桑子·兰花

芊芊蕙草栖深谷,石隙丛生。细叶含英,浴暑凌风四季青。

春来不羡桃和李,美色无争。素德清贞,自守孤芳尽吐馨。

采桑子·牡丹花

倾城国色春风驻,几朵姚黄,几片云裳,几簇妖红满院香。

柔枝漫卧佳人赏,燕舞晴光,蝶恋新妆,自有仙姿压众芳。

采桑子·水仙花

一窗飞雪珠帘卷,翠带盆前。浴罢生寒,欲与冬梅比笑妍。

黄冠独立绡裳举,照水蹁跹。转瞬新年,仙子凌波去意牵。

采桑子·杏花

小园春夜冰绡叠,点点轻红,朵朵玲珑,霞满疏枝画意浓。

梅香旧韵争桃李,引蝶招蜂,行色匆匆,只恐明朝绮梦空。

采桑子·咏梅

天寒地凍芳菲盡大雪飛揚
遍野空荒唯有紅梅照影雙
自甘寂寞經風雨不畏冰霜
獨守淒涼傲骨嬌花吐暗香

己亥秋月 劉存發詞 李殿光書

采桑子·寻梅

天寒地冻芳菲尽,大雪飞扬,遍野空荒,唯有红梅照影双。

自甘寂寞经风雨,不畏冰霜,独守凄凉,傲骨娇花暗吐香。

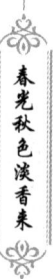

蝶恋花·葵花

意在光明心向日,转动金盘,自向骄阳觅。低首躬腰方七尺,轻摇绿扇田边立。

含露凝烟争锦色,醉舞黄绸,抱子迎豪客。更得深秋丰果硕,浓香满盏随风逸。

蝶恋花·凌霄花

莫道纤柔难立地。倚树依枝,素有凌云志。翠蔓临风还借势,连绵百丈芳心寄。

点点红英墙上戏。朵朵娇鲜,簇簇如霞媚。闲数仙葩千百对,折来细赏招人醉。

蝶恋花·芦花

江畔秋深风正举。露湿苔斑,霜染寒汀树。更有笛声吹雪絮,茫茫一片横烟浦。

一叶兰舟迷野渡。得遇鸥群,引领当年路。似是前时分手处,野芦依旧人何去?

蝶恋花·蔷薇花

醉醒倚帘听晓雨。满架催花,葳蕤悬高处。润染罗衣莺不语,任由娇色墙头露。

片片鹅黄难抵素。腻粉菲红,娇艳香如故。深锁朱门含泪数,牵裙绾客春终去。

蝶恋花·石榴花

晓雨初收庭净洗。几簇红巾,对日摇晴翠。万盏灯笼围绿曳,如霞似火枝头缀。

彩蝶归来寻旧地。错识罗裙,空把真情寄。昨夜甘霖凝冷泪,珠玑满腹甜滋味。

蝶恋花·水仙花

舟到湘江须小舣。撷得香根,移种吾庐内。瑞雪纷飞君可至,春来把盏花前对。

缕缕仙云随步起。袜冷尘轻,绪横池底。点点金光摇嫩翠,缟衣照水波中戏。

荷叶杯·凌霄花

细蔓驾云腾雾,攀树,半空凌。
捧星托日醒还醉,摇翠,唱天晴。

荷叶杯·芦花

风卷荻花翻雪,掀屑,舞深秋。
玉田萧瑟送凉意,多事,惹闲愁。

荷叶杯·水仙花

罗袜凌波清浅,丝乱,水生凉。
玉盘飞翠雪梅伴,香绽,共芬芳。

荷叶杯·杨花

遥望远方风雨,飞絮,展愁眉。
欲寻河畔旧时友,呼酒,不思归。

幽香浮动未放故园暗夕晖
楼台迤逶凌寒化云烟
绝一枝春色偷馈寒
夜间三春四难续小枝趖
韵暗香色晓起开帘窗外
望欢畅红云满登壶全开

刘存业定风波咏梅一首 己亥初夏 邵佩英书

定风波·咏梅

　　阵阵香风淡淡来,故园皓月映楼台。疏影凌寒花似雪,清绝,一枝春色傍裙钗。

　　梦里欣闻三弄曲,难续,小梅遣韵晕香腮。晓起开帘窗外望,欢畅,红云满树竟全开。

定风波·海棠花

满院胭红细雨催,仙姿倩影斗芳菲。翠叶含羞娇欲滴,飘逸,小苞点点蕴芳肌。

人道春深花似海,帘外,一庭艳雪聚琼枝。千古愁情君莫忘,遥想,沉香亭畔醉杨妃。

定风波·凌霄花

百尺飞檐影翠屏,九霄云上摘辰星。楼外灯燃千万盏,红灿,几多幽意几多情。

独伴高枝临丽日,飘逸,误留攀附也虚名。褒贬由他唯一笑,承教,随缘就势度余生。

定风波·芦花

气爽云高日影斜,秋风卷雪向天涯。天冷波凉残藕瘦,唯有,草深苇密避寒鸦。

醉看霜江心已碎,清泪,无端湿透枕边花。鬓上银丝添几缕,持橹,从今归隐做渔家。

定风波·杏花

一夜繁英映碧霄,胭红碎锦上枝梢。莺约轻风摇翠蕾,飘坠,燕衔几瓣筑香巢。

总是春来先吐秀,唯有,情真意切自逍遥。槛外横斜君莫笑,偏教,矮墙小院不藏娇。

好事近·海棠花

绛雪更新妆,秀色半开初露。点点粉红深浅,惹李嫌桃妒。

流莺才唤两三声,小园已春暮。多少别愁离绪,了不知谁苦。

好事近·荷花

袅袅柳荫边,自揽水天空阔。几只小蜓飞舞,伴风摇浮叶。

长篙破浪采莲来,一时竟残缺。身陷污泥犹洁,问有谁心贴。

好事近·葵花

翠叶捧黄英,竞艳夏秋时候。伴日晓来昏去,愿一生厮守。

含情脉脉送清风,独立雨中秀。为谢上天晴露,献甘香馨口。

好事近·梨花

莫道五更寒,月下一枝香雪。娇萼若痴如醉,正随风摇拽。

三春佳色正缤纷,自展素颜洁。粉白惹魂牵梦,引蝶飞蜂窃。

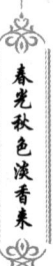

好事近·牡丹花

雨过不留痕,彩玉秀分枝霓。笑破紫腮红靥,引飞蜂游蝶。

欲留春色故迟开,金粉独称绝。只待夜阑人静,对清风明月。

好事近·蔷薇花

细雨洗妆新,剪碎一帘春色。深绿浅红相衬,映远空晴碧。

繁花朵朵探出篱,含笑欲牵客。矮架断霞初展,有暗香飘逸。

风光好·荷花

碧波中,叶翻风。翠扇轻摇点点红,印晴空。

清鲜欲滴芳心许,幽香吐。小棹娇娃入绿丛,采莲蓬。

风光好·葵花

耸黄冠,转金盘。耿耿忠心向日旋,待颅捐。

今生只恐秋风起,弹清泪。对月休言少酒钱,把杯干。

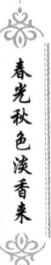

风光好·凌霄花

舞纤腰,裹红绡。青蔓攀枝百丈高,向云霄。
柔姿借得扶摇力,添飞翼。欲把丹心付碧涛,展风骚。

风光好·芦花

碧波腾,舞秋声。夹岸云稀雪未晴,月华明。
相思几缕人何处,情难诉。冷雨和风彻夜鸣,乱愁生。

风光好·水仙花

水中仙,翘黄冠。瘦影凌波不畏寒,乐踹跶。

冰姿玉骨纯如雪,娇如月。春暖花凋叶半残,有谁怜!

水涵埋玉佩庭陰芽
先发棗頭三霞之
清池翼祇輕摇瘦
影秀冰肌秀冰肌秀
白媧黄報春當此時

劉存發感恩多 水仙一首
己亥秋日 瑞峰書

感恩多·水仙花

水凉埋玉佩,庭暖芽先翠。案头三两枝,立琼池。

翠袂轻摇瘦影,秀冰肌。秀冰肌,素白娇黄,报春当此时。

感恩多·海棠花

昨宵风雨后,帘卷烟霞绣。醉颜生旧枝,惹情思。

小蕾轻红带白,彩云飞。彩云飞,尽换春衣,更招群蝶归。

感恩多·荷花

晓来风带雨,槛外听鸳语。碧圆波上张,换新妆。

放眼红霞片片,翠茫茫。翠茫茫,阵阵凉飔,倚栏闻淡香。

感恩多·凌霄花

几条藤蔓坠,无碍凌云志。苦攀登树头,竞高楼。

碧玉连绵百尺,半空游。半空游,曼舞霞飞,细枝轻且柔。

感恩多·石榴花

莫嫌花事晚,休妒清香淡。锦绡随意裁,火珠开。

蕾绽丹心万点,笑盈腮。笑盈腮,暮想朝思,使君何不来。

花非花·海棠花

风前擎,雨中曳。点点红,枝枝翠。仙姿神采伴三春,富贵颜容犹半醉。

花非花·凌霄花

攀高枝,借强势。干倚天,根盘地。凌云柔蔓舞鲜葩,抱树交藤摇嫩翠。

花非花·芦花

纤如棉,素如雪。锁暮秋,摇沉月。凉风吹绽数重花,冷雨柔疏千缕叶。

花非花·水仙花

清无尘,净如雪。淡扫眉,轻舒叶。金卮摇翠借梅香,冷水凝丝明皓月。

金缕曲·海棠花

一夜廉纤雨。洗尘埃、又添新绿,小红初露。翠叶轻笼帘半卷,秀蕾芳心半吐。香少许、彤云满树。犹带梅枝三分冷,把春光独占桃无语。词客意,付金缕。

丹心一片朝谁诉。粉轻涂、胭脂淡抹,韶华休负。还记太真眠未足,娇态难扶传古。拾旧谱、重填词句。行乐只需杯并举,任醒后梦断随缘去。千载事,莫回顾。

金缕曲·荷花

　　芳景休嫌晚。雨初收、霞披烟渚,翠衔湖岸。池上朱华娇欲滴,秀蕾含珠欲绽。映晓色、仙妆影幻。绿盖翻风摇瘦蕊,拔玉簪掀起红裙片。香远溢,鸭飞散。

　　移舟泛水浮萍乱。向横塘、青冠映日,碧圆舒卷。折取长茎含浅笑,几缕情丝未断。望叶底、双鸳浴伴。谁识藕甜心却苦,问寒波、莲实何时见。明月照,舞纨扇。

金缕曲·画菊

　　宣纸裁三尺,案头铺、自然留白,披麻着色。腕抖长锋轻写意,重彩空灵遒逸。花几许、飘然入画。瘦萼露痕丹青染,叶浓浓、蘸水泼清墨。勾蟋蟀,皴苔石。

　　西风冷落延龄客。正东篱、和霜伴月,不甘孤寂。点些红黄花渐粲,雁欲传书彭泽。题落款、玄毫几笔。不与碧桃争春媚,只秋妍、香泛重阳日。留晚节,守嘉德。

金缕曲·蔷薇花

一阵零星雨。润柔条、篱边袅娜,尽情欢舞。叠翠嫣然幽香溢,娇色枝头暗吐。高架下、浓荫几许。深绿嫩红含露笑,任断霞飘乱彤云妒。金缕曳,更妍妩。

故园重续当年句。对芳丛、文君犹在,使君何处?低亚长须频招手,似有闲情相诉。折素蕊、枝前看取。不恨新花多利刺,恨牵衣惹怨归期误。思往事,忍回顾。

后庭花·石榴花

几番春雨谁相伴,众英芳遍。翠苞新萼萌生晚,蝶来蜂返。

罗裙飘带风吹绽,火翻红缎。腹藏千粒珠玑满,淡香轻漫。

后庭花·海棠花

李花沉寂桃无语,满庭飞絮。小蕾娇妍霞轻吐,粉颜初露。

卷帘试问芳无主,此时唯苦。又是风雨寒食路,别愁难诉。

后庭花·葵花

朝朝暮暮骄阳对，俗尘余几？翠叶含羞随风曳，绮冠摇戏。

几经冷雨晴风洗，笑含金齿。为留香韵身可弃，此生无悔。

后庭花·水仙花

淡妆素裹瑶池女，袜凉轻步。罗带飘香缟袖舞，锦丝如缕。

约梅伴雪群芳妒，案头无语。未伴黄花秋色误，惹愁添绪。

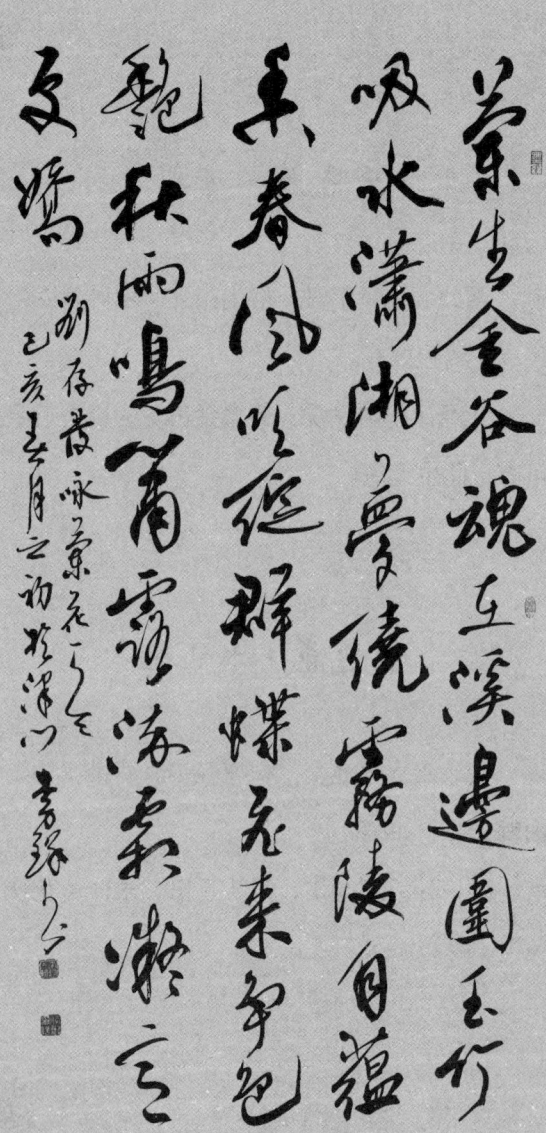

减字木兰花·咏兰

兰生金谷,魂在溪边围玉竹。吸水潇湘,梦绕雾陵自蕴香。

春风吹绽,群蝶飞来争色艳。秋雨鸣箫,露染霜凝意更娇。

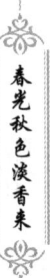

减字木兰花·海棠花

娇红点点,皓雪成堆霞尽染。翠幔繁枝,长是风前秀粉肌。

夭桃艳李,倦倚东风扶不起。笑脸嫣然,雨后新妆泪未干。

减字木兰花·菊花

晴空朗日,四野金黄秋水碧。风约香来,数朵寒英带露开。

东篱别泪,小圃呼谁观瘦蕾。塞雁南飞,又近重阳人未归。

减字木兰花·咏葵花

痴心迷日,绛脸含羞如火炙。朝沐霞光,又转金轮对夕阳。

翠裙曳地,黄缎新裁围碎蕊。肥籽丰冠,饮露餐风也自安。

减字木兰花·凌霄花

情长百尺,欲上云霄追赤日。细叶柔藤,援树攀枝向上登。

丝缠高处,婀娜多姿随蝶舞。簇簇娇鲜,灿若朝霞映九天。

减字木兰花·梅花

疏枝倚日,缀玉凝霜香暗逸。瘦蕾芳菲,冷艳英姿伴雪飞。

篱边含笑,素面红颜分外俏。淡影新裁,莫是仙姬下瑶台。

减字木兰花·桃花

小桃枝上,剪得一苞相对赏。含笑窗台,只待春风入室来。

万般娇艳,怎忍插瓶人自览。红褪腮青,自有仙桃献寿星。

减字木兰花·杏花

春来几许,绽翠盈枝芳满树。莺唤东君,漫野山花片片云。

出墙弄俏,不顾路人闲说道。欲觅知音,只待清风渡杏林。

减字木兰花·杨花

灞桥残月,还照当年河岸雪。乱絮牵愁,风又送春上陌头。

相思一缕,难问归期还几许?浪迹天涯,莫忘花开应返家。

风送春归东君伴雨沐晨妆
西府绽绿肥添翠洗愁容白
裹遥红舒笑面半闭半开星
海匆或浅或深霞彩绚故园
好景又经年词客归来携手
看

玉楼春·海棠花

风送春归东君伴,雨沐晨妆西府绽。绿肥添翠洗愁容,白里透红舒笑面。

半闭半开星海幻,或浅或深霞彩绚。故园好景又经年,词客归来携手看。

玉楼春·荷花

昨夜荷风揉镜碎,数点青萍频抖翠。红幢初染正销魂,绿盖高擎心远寄。

清露晓来珠欲醉,香蕊晴光伸秀媚。凌波仙子舞霞裾,浮水美人舒缟袂。

玉楼春·梨花

开向春残迟莫怪,细雨闭门唯自爱。从来妆淡不争春,冷艳清香千里外。

丽日群芳花似海,月下素容娇百态。一帘幽梦伴莺飞,蛱蝶才来蜂已采。

玉楼春·牡丹花

百卉落时三月暮,千叶绽开芳满路。姚黄争艳色先娟,魏紫竞娇香已吐。一缕祥云随燕去,数片琼花飘冷雨。未同夕照落苍苔,更待晨风沾晓露。

玉楼春·桃花

红萼凝香春意吐,琼蕊围蜂衣锦露。风流余梦影徘徊,蛱蝶双飞招燕妒。莫问游人来几度,崔护留诗从此去。不怜今日水东流,却惜明朝花化雨。

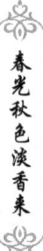

玉楼春·雪花

  天散琼花迷玉蝶,地落晶砂羞璧月。消尘除疫本无瑕,润地滋泥心净洁。

  山顶青松腰不屈,墙角红梅身傲骨。约朋河畔赏冰雕,邀友湖边溜雪橇。

临江仙·海棠花

　　翠叶笼荫春已半,妖娇小蕾开迟。雨凝雪降自芳菲,猩红数点,竞笑喜盈枝。

　　桃李先将春色占,素妆淡抹胭脂。心牵锦帐几重围,一番风雨,片片落红飞。

临江仙·葵花

　　青帐倚风身直立,金冠对日斜倾。仙姿有意对秋明。弯腰牵绿叶,低首护黄英。

　　东待朝阳西送晚,春光秋色无争。凝烟沐雨不虚生。琼盘含厚意,香籽见深情。

临江仙·芦花

瑟瑟秋风翻雪浪,波摇苇絮掀云。苍茫荻海旷无垠。笛声十里,凄切欲销魂。

照影鸥群飞不落,小舟野水迷津。孤篷转处见渔村,炊烟几缕,梦里又逢君。

临江仙·蔷薇花

玉蕊芊芊香未散,绮霞架上蹁跹。醉红深绿映晴天。轻烟凝秀色,赤雨润娇妍。

幽梦依稀归故里,芳菲还似当年。温柔妩媚比婵娟。清芬何日赏,欹枕恋花残。

临江仙·雪花

长夜冷风追玉马,驰行万里无痕。清凉世界素纱新。鹅毛翻滚,曼舞俏飞身。

匆去匆来如剑客,清瘟通气消尘。琼花无意也争春。终将化水,润土育花魂。

柳含烟·海棠花

脂涂颊,粉匀腮。娇态风前摇荡,谁扶仙女下瑶台,锦衣裁。

拂晓晴阴浑不定,春睡似醒未醒。佳人照影笑颜开,待君来。

柳含烟·梨花

听丝雨,掩重门。月下阑干斜倚,琼枝冷萼却销魂,淡香纷。

莫是瑶台情未断,一树雪英恨晚。潸然一笑化流云,送残春。

柳含烟·葵花

长垂首,慢躬身。淡色朝阳焕彩,锦苞浥露仰彤云,送晨昏。

秀蕊秋来争艳丽,阔叶迎风摇翠。金盘结籽自天真,献青春。

柳含烟·杏花

争春色,早开颜。绿锁绮霞晴雪,胭脂匀面淡香绵,笑容娟。

院小墙低堪寂寞,偷探一枝红萼。含羞脉脉任闲言,惹心酸。

柳含烟·雪花

飘如絮,落无声。今夜素纱千里,明朝玉砌一川晶,满塘冰。

胜似梨花娇百媚,喜作散丝春水。深滋大地润花卿,总多情。

浪淘沙·梨花

细雨锁重门,泪洒黄昏。客愁无奈送残春。信步寻芳行野陌,素雪纷纷。

旧梦忆清新,此处思君。一溪烟月伴飞云。冷萼琼枝香暗送,倩影销魂。

浪淘沙·凌霄花

翠蔓不凭栏,直指风檐。云中捧日乱丝牵。倩影柔姿摇秀蕾,霞漫长天。

朝夕对流言,荣辱千年。晴光宿雨泪将干。倚树攀墙非附势,绮梦高瞻。

避俗匿深山飘逸悠闲碧丛长
傍竹荫边傲雪凌霜风雨度
对清寒四季面青颜不绝香缘
生来俊逸自婵娟不与百花争
媚色自守贞贤

录刘存发先生浪淘沙咏兰一首 沈宪民

浪淘沙·咏兰

避俗匿深山,飘逸悠闲。碧丛长傍竹荫边,傲雪凌霜风雨度,笑对清寒。

四季面青颜,不绝香缘。生来俊逸自婵娟。不与百花争媚色,自守贞贤。

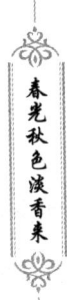

浪淘沙·石榴花

高柳翠风牵,荫匿啼鹃。声随烈日唤鸣蝉。亭午咽声惊客梦,倦倚窗前。

浓绿绕低栏,蝶影蹁跹。半庭晚萼绽芳妍。一抹云霞红胜火,万盏灯燃。

浪淘沙·桃花

细雨伴东风,春色华秾。小瑶枝上露娇容。引得蝶蜂偷粉色,飞舞匆匆。

花貌去年同,梦入芳丛。仙园把酒又相逢。万片胭脂随水逝,门掩残红。

浪淘沙·杏花

雨后绮霞新,燕剪彤云。莺声清脆送残春。薄粉胭脂多诱惑,彩蝶纷纷。

小径短篱分,红影栖茵。仙姿雪色欲销魂。未料一枝香远溢,又惹凡尘。

浪淘沙·杨花

浩荡自闲悠,任尔风流。攀檐越壁上妆楼。嫁得东风偏命薄,草木蒙羞。

覆水已难收,岂可回头。韶华已逝鬓霜稠。羁旅天涯栖不定,何处淹留?

柳梢青·菊花

暮色暝昏,荷枯柳暗,落叶纷纷。唯有黄花,抱香守节,不染风尘。

晚来疏影销魂,绽粉萼、纤姿馥芬。欲效陶公,东篱把酒,不负花神。

柳梢青·葵花

金盏何痴,晴光灿灿,娇态依依。素面迎风,丹心向日,逐梦东西。

骄阳淡影相随,总难抵、纤腰半垂。浩荡天恩,砍头一笑,乱籽纷飞。

柳梢青·兰花

久隐丛林,长居幽谷,傍水邻岑。日丽花开,风和香绽,四季情深。

雨来飘荡衣襟。更一任、霜欺雪侵。玉笛传情,瑶琴唤梦,书结诗心。

柳梢青·牡丹花

腻紫娇红,仙姿艳态,富贵雍容。颊带朝霞,唇含晓露,靥绽春风。

百花开落忙匆,引蜂蝶、徘徊绮丛。好趁残华,胜游看取,色映晴空。

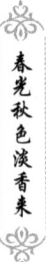

柳梢青·寻梅

风似无心,暗香诗韵,旧迹难寻。踏雪林间,鹅毛散絮,拄杖高吟。

天边惊起飞禽,报喜讯、依枝降临。冷萼初开,英姿娇艳,春染苍岑。

柳梢青·杨花

风舞春晖。莺啼晴翠,燕戏穿枝。金线千条,茸丝万缕,倩影盈溪。

灞桥难寄情思,送春去、谁能伴随。草木休争,东君莫管,飞絮同携。

满江红·海棠花

满眼春光,情未尽、好花无几。朝雨过、绣帘高卷,笑眉凝翠。片片红云栏外坠,纷纷绛雪枝间戏。睡方酣、醒后似颠痴,真容洗。

粉淡雅,脂浅丽。娇态舞,香尘起。绕幽廊曲径,一园新意。艳影如霞摇碧玉,琼肌似锦赢桃李。风雨后、无语对黄昏,唯清泪。

满江红·枯荷

十里陂塘,西风紧、肃然愁煞。吹万物、暮秋难挡,任其凛冽。翠盖枯残含泪老,红衣销褪随波没。更凄清、蛙鼓早停休,箫声歇。

经霪雨,摇碧叶。香气远,招飞蝶。旧丰姿不在,竟随风折。几簇莲心留本色,一池泥沼埋芳骨。待来年、玉立展青裙,佳时节。

满江红·芦花

十里烟波,风乍起、笛声凄咽。登岸渚、满眸飘絮,曳滩涌雪。伫立沙洲心自在,远观江浦胸开阔。懒张望、菡萏已香休,波中折。

南归雁,飞急切。今日去,情难绝。笑杨花逸尽,灞桥伤别。未与群芳春色共,还随野菊秋光越。拥曲衍、终日赏霞晖,待明月。

满江红·水仙

碎锦堆盘,还浸水、卧波偎石。罗袜冷、步云凌雾,惜香怜湿。一往深情临洛浦,几分素雅羞姑射。岁已晚、小案待东君,娇无力。

望楚泽,涛正急。帆影远,仙无迹。叹湘灵早逝,少些佳色。小院飞春伊不在,群英争艳君难觅。顾泥瓯、银蒜渐枯干,闲愁织。

满庭芳·梅花

拔翠寒飙,孤芳伴雪,冷萼争发寒天。玉枝横牖,疏影自悠闲。篱落斜出几朵,蕊微颤、香气缠绵。休攀折、同携鹤子,半世了情缘。

年年,庭院上,流光四序,月映癯仙。叹霜发童心,辜负花妍。梦入罗浮醉酒,惊酣睡、愁上眉山。君知否?春风未到,秀色比婵娟。

满庭芳·梦入桃源

秀蕾奇葩,依山傍水,小舟闲荡溪间。数迷津渡,深处有神仙。画境群莺引路,任浪急、瀑布飞悬。穿岩洞,晴岚锁翠,绛雪漫层峦。

娟娟,娇带露,朱唇似锦,笑靥如胭。更妖媚柔情,香绕长天。帘外雷声远震,惊梦醒、魂断桃源。残阳下,落红犹湿,倩影舞蹁跹。

满庭芳·雪花

酒醒三更,临窗凝望,夜明如画凄清。漫天蝴蝶,来去悄无声。幻入庄生晓梦,趁夜色、乱舞迷睛。长天外,千颜一素,不见旧时星。

霞腾,辉映处,冰光闪烁,漫撒盐晶。看凉野茫茫,玉屑层层。遥望苍松尽翠,梅林远、冻蕊初生。疏枝上,斑斓五彩,娇媚对新晴。

满庭芳·寻莲

新雨初收,淡岚轻雾,趁醉登艇寻莲。镜明波远,飘荡任由船。误入深塘浅渚,更惊起、鸥鹭空旋。凝神伫,芳池叶满,叠翠乱星悬。

娇颜,争俏艳,红绡点点,素缟田田。数圆盖青盘,映日连天。浑似杨妃出浴,胜佳丽、粉黛三千。浮萍里,几多碎瓣,逐水默无言。

南歌子·海棠花

翠叶裁红影,娇枝绕绮云。晴霞片片寄芳魂,秀蕾敷脂深浅待轻匀。

南歌子·荷花

翠扇随波荡,红衣伴水摇。画船帘动暗香飘,一缕斜阳留意映千娇。

月下寒光澈庭前雪色皑皑枝头水忽竞相开恰有微香频送澹烟来

刘存发有咏子梅己亥空昧赵士英书

南歌子·梅

月下寒光彻,庭前雪色皑。枝头冰蕊竞相开,恰有微风频送淡香来。

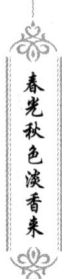

南歌子·菊花

秀色随秋尽,晴光带露开。幽花冷艳淡香来,帘卷西风无尽入吟怀。

南歌子·兰花

细叶翩翩翠,香风淡淡新。得逢丽日秀姿伸,空谷无人飘舞散芳芬。

南歌子·梨花

带雨闲门闭,逢春野径开。枝摇月影淡香来,洁白冷妍疑似雪梅裁。

南歌子·牡丹花

冶艳惊骚客,芳香感故人。檀心半吐露丰神,不与红桃紫李闹争春。

南歌子·蔷薇花

嫩蕊随风舞,柔条伴雨飘。悠然隐刺护芳娇,独倚墙头秀锦自逍遥。

南歌子·石榴花

夏露葩千朵,秋容籽万罗。百花失色此仙娥,一抹红霞映衬不须多。

南歌子·桃花

入径枝枝俏,出篱朵朵夭。未施粉黛自芳娇,欲与百花争艳竞风骚。

南歌子·杨花

柳色隋堤上,杨花客子家。断痕几缕映窗纱,唯叹一春飞絮荡天涯。

翠幄层层夏红裙舞,暮秋凌空更是自风流,逸志搏高远日所方道

刘禹锡《南歌子》句 王全聚书

南歌子·凌霄

翠幔屏三夏,红裙舞暮秋。凌空百尺自风流,远志攀高逐日斥方遒。

青玉案·荷花

绡衣脱尽娇容露,正出水、婷婷举。翠扇摇风还掩雨。丹腮初染,素颜才塑,小萼红蜓舞。

春花阅尽娇无数,怎及芙蓉一支妩。万缕情丝难折去。碧波千顷,湘妃何处?欲解芳心苦。

青玉案·芦花

蓼红已老芳菲歇,只留得、残枝郁。岸柳柔腰今未折。空留金缕,影疏心竭,羞对波中月。

西风漫卷江边雪,塞雁南飞思归切。野渡茫茫舟一叶。冻云犹断,寒霜清洌,玉笛声凄咽。

青玉案·桃花

画楼阵阵香风起,几回顾、寻芳意。倩影仙姿云朵里。林冠绛雪,琼枝凝翠,正是花开季。

文君含笑腮红媚,西施醒回颊绯丽。粉面娇羞心欲醉。小园千载,凭谁还记,结义三兄弟?

青玉案·杏花

东风一夜吹芳树,碎锦绽、红妍吐。粉面宫妆娇艳露。愁云一片,情丝千缕,可对谁倾诉?

仙姿浅笑撩思绪,细抹胭脂惹桃妒。莫问残春余几许。枝头铺雪,日边绮露,叶底青圆数。

青玉案·雪花

朔风摇动檐铃摆,更遥望、帘栊外。玉蝶纷飞新世界。琼花三弄,冰凌七彩,遍野银纱盖。

冬来夏去流光快,地冻天寒本无奈。照影梅花唯自爱。一枝飞絮,满庭飘洒,总有清香在。

秋风清·残荷

秋风清,秋水泠。洒泪露珠落,凌波无盖擎。枯枝残折凭风雨,但留玉骨泥中横。

秋风清·菊花

秋蓬黄,秋水凉。瘦蕾晚凝露,层英朝带霜。西风零落篱边客,旧园剪碎花丛香。

秋风清·芦花

芦连滩,波接天。望断远飞雁,秋深溪水寒。清霜愁雪湖滨颤,落晖怨笛风中咽。

秋风清·水仙花

波边生,波上行。玉骨水中卧,银根丝纵横。尘心昭洗留香韵,翠摇丽影含深情。

鹊桥仙·白莲

红裳半裹,翠冠敧戴,瘦影凌风凝露。一湖烟月映清波,总招引、双鸳频顾,

秋临别浦,鬓边霜染,玉颊脂匀粉薄。前盟不在梦依稀,绿云里、瓣香心素。

鹊桥仙·芦花

翠荷已倦,蓼红又老,唯有长空晴碧。秋风着意绕汀洲,卷飞雪、绵延不息。

烟消荒渚,舟迷野渡,雁断泽乡水国。一声笛咽乱愁添,任浪急、随波远弋。

鹊桥仙·水仙花

不求银盏,不争寸土,静守半瓯清水。灵根石下蕴冰肌,早春冷、扶风摇翠。

翠眉淡扫,金腮轻染,书案待梅相会。玉箫吹梦绕瑶台,月影下、娥娘舞醉。

鹊桥仙·桃花

东君初驾,群英方醒,秀色春光独占。清新嫩蕾笑从容,萼片片、猩红点点。

秀腮浅靥,朱唇微启,一袭绡裳霞染。都城崔护莫迟来,漫开落、娇颜留撼。

鹊桥仙·杨花

雪痕早褪,春潮正涌,飞絮漫天乱曳。千回百转渡山河,也还得、凌风戏水。

章台愁起,灞桥惹恨,隋堤暗生清泪。恨天不语向谁倾?趁晴日、留伊小醉。

月瞰仙桃临风沐雨，珠光数朵娇红，举国色邀游，芬芳实寿光留翰墨

刘禹锡《南乡子·牡丹花》己亥新月邱乃奇书

南乡子·牡丹花

月映仙妆,临风沐雨露珠香。数朵娇红争国色,邀客,尽赏春光留翰墨。

南乡子·海棠花

翠袖迎风,云霞遮面晕腮红。秀色撩人桃李愧,微醉,一枕春光还剩几?

南乡子·荷花

忽响轻雷,更催急雨逐风飞。翠盖高擎红腻护,何苦?未教双鸳惊对舞。

南乡子·梨花

雨洗残妆,风摇月影暗飘香。一树琼英芳几许,春暮,玉颊玲珑桃莫妒。

南乡子·石榴花

散萼盈柯，夏留佳色不须多。万绿丛中红一点，新焰，日炙烟霞伊独占。

南乡子·杏花

粉淡香浓，出墙斜探一枝红。只恐明朝风带雨，狂舞，碎影纷飞春落幕。

南乡子·咏葵花

追艳日，逐骄阳，金镶壁缀照新妆。宿露餐风酿甘味，真佳卉，散籽留香头可坠。

珠帘卷·梨花

梅同色,月为邻。流莺带雨啼春。应恨书稀音杳,相思余梦频。

留待夜深人静,庄周蝶影销魂。多少别愁离绪,无一语,对清尊。

珠帘卷·牡丹花

飞云霭,醉晴空。春光一逝匆匆。迟放丹霞深浅,朝来妍几重。

今日半庭新巧,明朝满院妖红。回首夕阳西下,芳草碧,鬓霜浓。

珠帘卷·蔷薇花

娇悬架,艳出篱。长条醉舞千姿。红雪丹霞堪数,牵衣挑一枝。

桃李见伊羞色,芝兰邂逅无辉。何惧晚来风雨,香袅袅,翠依依。

珠帘卷·桃花

春风吻,斗芳菲。霞光尽染桃溪。回首裁绡盈树,风吹花满枝。

唯惜野桥红萼,无言独笑莺飞。多少别愁离绪,思杳杳,梦依依。

醉春风·蔷薇花

妩媚难屏舍,葳蕤春接夏。风吹雨打尽垂珠,雅,雅,雅。更有牛棘,数千鲜萼,倚墙斜挂。

素雪堆廊下,彤云披高架。相思一缕翠牵衣,罢,罢,罢。花掩阴浓,醉红霞烂,景新如画。

醉春风·水仙

莫道冬无卉,休言窗少媚。寒斋几案竞芳菲,丽,丽,丽。瘦影凌波,素冠摇雪,细腰鸣佩。

玉骨埋清水,银根藏池底。轻黄淡白绕香云,醉,醉,醉。遥念唐宫,太真出浴,一帘春意。

醉春风·雪花

翘首琼楼望,鹅毛纷乱降。无尘银界素妆新,赏,赏,赏。一地晶砂,满园盐絮,数株梅放。

不夜心舒畅,无瑕胸宽广。清凉一世送瘟神,爽,爽,爽。来迹无痕,去时化水,德行高尚。

醉春风·杨花

雪化晴川翠,春来溪水逦。芳菲迟懒未归来,媚,媚,媚。花蕾才舒,草生还嫩,絮飘无际。

借力随风起,心远三万里。未知何处好栖身,坠,坠,坠。休恋凡尘,莫嫌孤寂,畅游天地。

女帝銀臺出護風隊喜晨昏曙色開階前園玉樹皎潔新秋葉籠松幾枝棲鴨々香氣微

劉存發菩薩蠻一首 夜來銀粟隨風墜 晨看昊彩新天地 推闥向瞻已恍疑 仙景開階奇 園玉樹皎潔新秋 籠松幾枝棲鴨人 香氣微 洪洋

菩萨蛮·雪花

夜来银粟随风坠,晨看异彩新天地。推闼白皑皑,恍疑仙界开。

阶前围玉树,皎洁新妆素。篱外几枝梅,怡人香气微。

菩萨蛮·杏花

夜雨尽洗霞裾丽,晨风戏舞云裳媚。素色衬娇红,绛英春意浓。

红唇檀粉染,玉貌胭脂点。仙态拭新妆,奇姿轻吐香。

菩萨蛮·兰花

素颜清逸来空谷,孤高独秀离尘俗。绿叶掩娇芳,洁心飘淡香。

秋时轻露染,冬夕寒风斩。四季纵情开,幽馨云外来。

菩萨蛮·凌霄花

绵洛直上云霄去,倚岩高卧留芳处。无意傍篱笆,苦心朝上爬。

抬头观日月,低首呼蜂蝶。百尺跃青龙,半空飞彩虹。

菩萨蛮·梅花

绿萼默默红妍露,花魁寂寂清香吐。玉色俏出篱,冷颜娇绣枝。

休嫌施粉晚,自得孤芳灿。风里唤东君,雪中先报春。

纤枝不待西风嚼层英,
尽在重阳绽锦色,绕篱
开暗香帘外来霜蕊存,
傲骨奇蕊凭风拂残蒂,
夜光寒半庭秋月朗。

刘存发菩萨鬘菊花一首
己亥岁重阳之吉 赵伯光于廿州精舍

菩萨蛮·菊花

纤枝不待西风唤,层英尽在重阳绽。锦色绕篱开,暗香帘外来。

霜丛存傲骨,秀蕊凭风拂。独对夜光寒,半庭秋月闲。

菩萨蛮·蔷薇花

牛棘葳蕤春连夏,晚英凝翠秾缠架。百叶绕疏篱,高墙长蔓垂。

奇葩争客睐,细刺牵裙带。嫩蕊笑颜开,蝶从云外来。

菩萨蛮·咏葵花

朝迎红日云喷薄,暮随斜照余晖落。回首转西方,举头倾太阳。

绿竿空劲挺,金盏犹弯颈。千籽抱成团,一心拼玉盘。

菩萨蛮·石榴花

春后佳色难寻觅,夏临好景须晴日。新叶嫩还葱,晚葩鲜又红。

一枝刚吐焰,万盏悬灯灿。竞艳已迟开,使君何不来。

如梦令·海棠

春色故园依旧,嫩萼漫空铺绣。乱翠护凝脂,秉烛近前看取。红透,红透,香少蕴藏深秀。

如梦令·葵花

仙态欲飞无力,笑脸一团欢溢。冷艳夏连秋,翠绕锦苞飘逸。金碧,金碧,饱孕馥香千粒。

如梦令·梨花

正是春光三月,好雨润花生叶。何事闭重门?莫问野蜂闲蝶。清绝,清绝,不让素娥香雪。

如梦令·石榴花

窗外柔枝摇媚,槛内绛葩蜂戏。一树万灯燃,几许嫩红娇翠。心醉,心醉,不计夏炎滋味。

如梦令·牡丹花

绿幄隐娇藏丽,紫蕊妒红羞翠。醉色引蜂来,寻遍众芳难寄。双卉,双卉,共在雨中摇对。

山花子·蔷薇花

斜倚疏篱弱可支,当空挂架几重帏。翠叶繁英带露笑,看芳肌。

莫引野蜂纷扰帐,更惊细刺乱牵衣。五月花香犹烂漫,对霞晖。

山花子·石榴花

仲夏群英少著花,熏风带雨润新葩。日照灯笼引飞蝶,影横斜。

玉蕊飘仙开绛帐,芳心喷火映丹霞。多少名流裙下拜,问卿家。

山花子·水仙花

冬日寒天百卉零,银盘汉女自娉婷。罗袜无尘波上渡,向梅行。

照水幽姿唯自顾,遮屏秀貌少人争。素带娇黄摇翠影,冷飘馨。

山花子·杏花

秀色临风著一枝,才开将落出疏篱。层叠高低竞娇艳,秀仙姿。

雅韵幽深堪比雪,香魂恬淡不输梅。心喜浅红无客赏,路人稀。

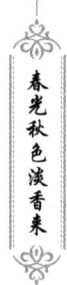

山花子·芦花

又是西风送暮秋,粼波寒水绕芦洲。十里陂塘卷素雪,驻飞鸥。

何处笛声鸣宿怨,问谁归雁惹离愁。远客而今栖野渚,且清柔。

山花子·荷花

不恋秋光不占春,独妍夏日不染尘。碧叶连天迎风舞,绮霞新。

俗世都知莲实苦,凡尘谁识藕情真。褪尽红衣追梦去,望飞云。

清平乐·寻梅

醒来犹忆,梦里寒芳碧。为探西泠香雪迹,不顾荒荆野棘。

远山尽处霞红,分明雪海深丛。素影千姿百媚,琼花万点玲珑。

清平乐·雪花

飘无定性,天地阴凄冷。片片鹅毛铺万顷,处处怡情胜景。

未称洁白清高,随风自在逍遥。无意残花衰草,寻芳直落梅梢。

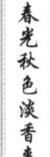

攀萝凭架蕊蕤春连

反一抹碎云如匀淘

招引蛱蝶入画艳如

月李凤神裙飞玉龙

美魂镂刺雕于奉手

蓄色饱学纯生

副存发清平乐咏蔷薇
己亥秋孙宝发书

清平乐·咏蔷薇

攀篱绕架。葳蕤春连夏。一抹碎霞如雨泻,招引蝶蜂入画。

艳如月季风神,裙飞玉蕊香魂。纤刺难于盈手,芳苞饱孕纯真。

清平乐·桃花

粉腮红萼,尚有东风约。武陵溪边千百度,依旧花开花落。

小园翠幕谁栽,莺歌春信传来。莫问种桃道士,刘郎未到休开。

清平乐·菊花

秋光远去,好景难留住。纵有枫林红染树,怎抵寒霜冷露。

东篱欲采黄花,倩谁守护新笆。细雨更添香韵,英姿笑待晴霞。

苏幕遮·芦花

渚环汀,天接水。芦海无垠,照影千重苇。秋暮风凄催浪起。乱絮蹁跹,雪涌连千里。

雁南飞,愁泪坠。夜冷心寒,奋力挥双翅。且落沙洲深处避。留梦明朝,弹指同君会。

苏幕遮·水仙花

卧冰盘,浮碧水。袜冷凌波,梦断情难寄。醉舞春风犹绽翠。道骨仙姿,不逊梅花气。

抖金冠,摇素袂。淡白轻黄,朵朵呈嘉丽。瘦影迎春骚客醉。欲抚瑶琴,弹落湘江泪。

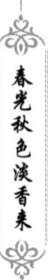

苏幕遮·杨花

借长飚,行万里。素雪翻晴,金缕无端醉。已是黄昏愁又起。几只流莺,隔柳空啼泪。

映霜丝,牵客袂。残月无情,别院孤灯对。欲觅清幽终不悔。未见归期,薄命留天地。

苏幕遮·梨花

剪冰绡,裁缟雪。夜静云轻,倩影摇新月。开向残春心自阔。淡粉仙姿,香韵羞姑射。

近黄昏,愁未绝。蝉鬓鸦飞,早换秋霜发。独倚长亭杨柳折。欲诉无言,带雨听风咽。

苏幕遮·兰花

隐深山,藏浚谷。疏叶长茎,四季垂长绿。蕙质何须花锦簇。嫩草芳馨,最喜春晖沐。

照清波,迎晓旭。瘦骨清风,更胜香妃竹。君子情怀堪比菊。飘逸悠闲,总有幽香馥。

天仙子·芦花

野渚连天云接水,笛声犹在荒丛涕。惊飞鸥鹭几回旋,摇翠苇,掠银穗,雪海连绵千顷外。

天仙子·蔷薇花

嫩叶牵衣留醉客,断霞浓浅清香溢。攀墙援壁沐晴晖,争晓日,掩茅室,淡粉团团呈艳色。

天仙子·水仙花

冬日寒花摇碧叶,玉盘缟袂波心列。冰姿倩影欲销魂,黄映雪,薄绡绝,秀蕾几支遥望月。

天仙子·桃花

春驻小园弹指数，绮华犹在花梢著。风翻绛雪助闲愁，开又落，冷还乐，苦盼刘郎唯寂寞。

天仙子·葵花

含笑躬身垂首立，逐风擎伞摇金碧。朝阳晚露蕴芳魂，心向日，不言寂，百子盈盘香暗溢。

天仙子·采莲

朗日轻云秋水碧，小娃孤棹游浮迹。红衣擎扇翠翻风，娇欲滴，淡香逸，巧手倾盘莲子觅。

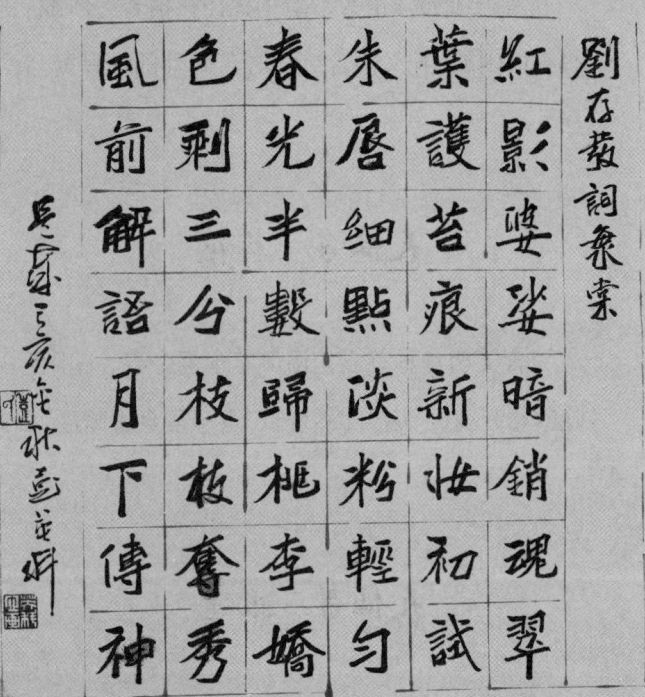

刘在敬词象鼻棠

红影婆婆暗销翠
叶护苔痕新妆初试
朱唇细点淡粉轻匀
春光半数归桃李娇
色剩三分枝枝夺秀
风前解语月下传神

秋波媚·海棠

红影婆娑暗销魂,翠叶护苔痕。新妆初试,朱唇细点,淡粉轻匀。

春光半数归桃李,娇色剩三分。枝枝夺秀,风前解语,月下传神。

秋波媚·兰花

芳草青青点苍苔,九畹记曾栽。丛难盈把,高堪足尺,梦绕天垓。

娇容素影闲庭守,晴日送香来。窗前弄晓,风中含笑,雨伴吟怀。

秋波媚·牡丹

风淡香清见花神,雨洗又妆新。青山卧雪,黄绒铺锦,彩蝶穿云。

游蜂找遍无闲蕊,隔叶问东君。朝霞映日,池塘晓月,何处能寻?

秋波媚·蔷薇花

长蔓随风弄清柔,嫩蕊寄闲悠。短篱新素,画屏猩血,几处香幽。

芳妍只待卿来采,却引野蜂留。更怜瘦骨,牵裙碍手,似诉离愁。

秋波媚·石榴花

皋月群芳已随尘,安石似凝春。枝枝萼翠,颗颗蕊嫩,盏盏灯新。

红绡细剪丹裙舞,日下竞缤纷。桥头斜倚,长亭侧傍,陌上存根。

秋波媚·杏花

斜倚疏篱锦枝横,映日秀眉凝。三分霞照,七分雪漫,一派春情。

邻家小院留春色,梦里故园行。相思尽在,半溪碎影,两岸啼莺。

秋波媚·采莲花

池上熏风抚波平,浮翠晚霞明。素妆飘逸,丹冠斜倚,青盖高擎。

采莲莫待芳芯老,趁醉放舟行。绿萍浪断,清香水远,落日晶莹。

秋波媚·菊花

丝雨纤纤弄清凉,小院蕴秋光。短篱凝翠,清池照影,曲径凌霜。

莫嫌寿客春光误,迟发暗留香。几支洁雪,数珠姹紫,一片金黄。

忆秦娥·芦花

西风冽,雨飞江畔芦千叠。芦千叠,苍茫若海,湛凉如雪。

蝉随柳老琴音绝,雁归湘楚伤离别。伤离别,野汀深处,笛声凄咽。

忆秦娥·水仙花

罗袜冷,俗尘洗尽存香影。存香影,仙风道骨,雪情梅性。

愁多愁少随缘定,花开花落听天命。听天命,凌波人远,玉盘如镜。

忆秦娥·桃花（平韵）

梦依稀，子规晓夜啼芳菲。啼芳菲，春光渐尽，细雨纷飞。

粉腮丹鬓红罗衣，未曾赏尽东君归。东君归，落花入水，一去难回。

忆秦娥·凌霄花（平韵）

纤柔条，蜿蜒百尺红裙摇。红裙摇，牵牛绳索，直上云霄。

久存鸿志焉无聊，芳妍高处愁心飘。愁心飘，天生攀附，众口难调。

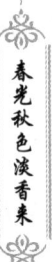

忆秦娥·杨花

飞何处,东风肆意摇金缕。摇金缕,几多燕影,一池风絮。

故园遥望章台路,长亭犹在情难叙。情难叙,莺嘶残月,一春虚度。

忆王孙·兰花

蕙生幽谷自清闲,晓映晨霞素影娟,晚照蟾光浴露盘。德风传,缕缕馨风绿野间。

忆王孙·梨花

玉容寂寞倚疏篱,自得闲情看落晖。春到长亭却不知。任风吹,雨后仙姿可入诗。

忆王孙·凌霄花

蛟龙绕树任逍遥,借势腾云志未消,伴日豪情百丈高。孕新苞,唤起丹霞漫碧霄。

忆王孙·梅花

群芳谢尽物华藏,雪里寒梅立远荒,玉蝶纷飞色渺茫。短篱旁,疏影横斜送冷香。

忆王孙·牡丹花

时逢谷雨正销魂,疑是杨家遇太真。万朵云霞自独尊,色缤纷,锦萼能留几日春。

忆王孙·蔷薇花

长条倚架舞晴空,小蕾凭栏染碧丛。醉色幽香各不同,怨熏风,已误春情蕴夏浓。

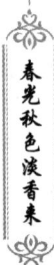

忆王孙·杨花

有星有月竟徘徊,无翼无风却自飞。春染河滨万缕垂。惹惊雷,雨后隋堤织碧丝。

忆王孙·桃花

艳争春色自先开,叠彩秾华引客来。蝶趁风闲上鬓钗。粉唇揩,便晕红情羞满腮。

忆王孙·石榴花

花开五月晚来香,不伴春风夏日芳。翠萼摇红乐未央,待秋光,玉粒撑唇笑口张。

忆王孙·菊花

秋光欲尽草禾枯,落叶飘零万木疏,未断寒蛩井槛呼。百花无,唯有金英陌上姝。

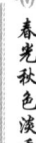

金陵旧地曾携手，霸桥一别几星霜。忆昔少年多豪气，也曾跃马过沧浪。东风何处寻往事，空向人间觅名场。

人月圆·杨花

金丝落地归香土,入水化青萍。灞桥一别,章台迟误,酒醒长亭。

趁风借雾,追蜂逐蝶,游向天庭。年年此刻,寻春去处,不枉虚生。

人月圆·兰花

寻芳九畹观兰蕙,逸态入眸中。丛生秀野,依梅傍竹,翠色葱茏。

紫茎碧叶,黄冠玉蕊,倩影玲珑。群飘带舞,冰心傲骨,沐雨凌风。

人月圆·蔷薇花

绛红浅碧浑无力,绿意掩残墙。雨中摇曳,风前弄影,梦里还乡。

枝枝吐艳,团团竞秀,簇簇争芳。叶披素雪,藤支锦帐,蕾散清香。

人月圆·石榴花

小园五月芳菲尽,安石露娇容。霞飞枝上,灯燃叶底,裙舞风中。

唇含脂色,腮涂腻粉,靥抹胭红。秋来看取,丹房玉满,紫阁情浓。

人月圆·杏花

东风唤醒庭前树,霞染小纤枝。凝脂浥露,红中透粉,色艳香飞。

续梅余韵,春来先报,春去同移。倚栏无语,穿墙有意,一雨花稀。

人月圆·寻梅

寒来益感香风淡,踏雪觅芳踪。故园胜景,温情仍在,牵手匆匆。

几株瘦骨,数枝冻蕊,千朵娇红。横斜疏影,冰天傲立,占尽春荣。

人月圆·菊花

征鸿南去秋光老,百草半凋黄。西风斜照,寒英瘦骨,独笑飞霜。

荒篱野径,露华依旧,嫩蕊孤芳。恰如处士,深山避世,晚有余香。

上西楼·牡丹花

娇妍占断头筹,惹春愁。嫩蕊迟开谁道不风流。

一枝撷,仙姿绝,众芳羞。最忆沉香亭畔美名留。

上西楼·石榴花

丛中千朵彤云,正缤纷,纵有丹心如火未留春。

抖紫蕾,摇朱蕊,舞红裙。只待秋风含笑抱儿孙。

彤云薱雨飘香蔓枝狂无奈春风延误晚来芳娇如垂攀高架绕篱墙万蕊齐心争上对霞光

唐储诗家上西楼词蔷薇
己亥寒露后滹上居古稀翁李泽润书

上西楼·蔷薇

彤云蕴雨飘香,蔓枝狂。无奈春风延误晚来芳。

娇如画,攀高架,绕篱墙。万蕊齐心争上对霞光。

上西楼·杏花

相思梦断琴台,惹莺猜,莫让多情桃李竞先开。

红影碎,绿荫醉,翠英呆。更有绛脂凝露点香腮。

上西楼·杏花

枝头青小花夭,吐芳娇。好伴浪游词客野云飘。

落红乱,花期短,不堪凋。为问酒家何处记风骚。

上西楼·凌霄花

生来愿抱虬枝,对晴晖。何惧雨淋霜染冷风吹。

攀大树,栖云处,共芳菲。自是长丝千尺苦心随。

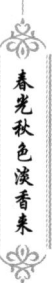

水龙吟·牡丹花

落红饯尽残春,晚来醉态忧何意?莺声远去,芳菲将谢,檀心难寄。犹记西园,霓虹唤彩,胭脂点翠。看二乔双舞,仙葩数朵,白黄衬,多娇贵。

却有一枝秀蕊,似杨妃、素罗霞绮。玉容绯面,笑痕无语,闲愁缠事。遥想唐宫,三千粉黛,于今存几?惜瑶台冷漠,群英惆怅,只天香媚。

水龙吟·桃花

远岑锁翠芳菲,东风着意花梢驻。桃源百里,彤云千顷,霓霞万亩。颊带胭脂,腮留粉黛,唇含丹露。算清明雨过,踏青人远,莺声起,春将去。

应恨武陵津渡,把芳心、落英托付。晴岚凝萃,靓姿盈树,惟君难顾。流水无情,绮罗散乱,漫飘红雨。怅潇湘馆外,香丘梦断,吊闺中女。

水龙吟·杨花

少茎无地托根,初春烟雨娇妍露。灞桥逐浪,章台袅娜,隋堤乱舞。一院游丝,半庭白雪,满天飘絮。正乘槎摇曳,徘徊欲往,借风力,随春去。

离别愁情难叙。有闲时、恐难留住。珠帘垂落,余霞还透,遗踪何处!厮守长亭,屈栖兰楫,苦行歧路。见莺嘶缺月,阶苔青染,翠萍蒙素。

水龙吟·梨花

　　小园春意阑珊,一枝香雪东栏倚。笑看日落,静听夜雨,院门深闭。冷艳芳姿,淡藏惆怅,颊边憔悴。似姮娥舞罢,蟾宫难舍,含多少,伤情泪。

　　旧梦如烟若水,又清明、故园犹记。月摇玉影,风掀清萼,露沾琼蕊。蝶舞偷香,蜂忙盗粉,莺啼多事。想春来疾去,落英无数,惹愁云起。

怒放当春更浸萼跳艳缀香浓
新枝吐绿圆苞染绛嫩蕊吐蕤
蛇清风羔美言摇鲜葺唤绽妆
狂蜂蝶诗香游蜂采粉乳腐雾
晴丝

刘孝孙少年进修诗 李向群书

少年游·石榴花

花开半夏更从容,绯艳胜春浓。新枝吐绿,圆苞染绛,嫩叶吐葱茏。

清风着意摇鲜蕾,吹绽数点红。舞蝶寻香,游蜂采粉,乳雁剪晴空。

少年游·石榴花

众英纷落此花开,红上美人钗。绿裁烟翠,灯燃炎日,情事惹莺猜。

且看霞起香风过,喜色印桃腮。还待秋深,金珠结粒,携子抱孙来。

少年游·梨花

一枝香雪倚窗闲,碧叶映冰颜。婆娑倩影,娇柔素萼,惆怅晓风寒。

流莺穿柳垂丝乱,浅唱惜春残。玉颊含羞,冰肌消瘦,莫向雨中看。

少年游·杨花

一溪烟柳万条垂,乱絮漫长堤。瘦腰窈窕,随风袅娜,残月伴游丝。

断茸扑面迷青眼,还教泪沾衣。带雨闲悠,香尘远逝,携梦沐春晖。

少年游·兰花

深山空谷气清幽,寡怨少烦忧。朝迎旭日,暮观皓月,潇洒度春秋。

任凭百卉争颜色,君子不须求。独守纯青,自称香祖,王者古风流。

水调歌头·石榴花

午睡绿荫下,闲卧自悠然。乳莺林下摇翅,肆意小飞旋。一阵啼声入耳,扰梦难知去处,抬眼向疏阑。嫩叶几时出,玉粒几时妍?

掀锦幄,乱珠缀,众星悬。芳心尽吐,如霞如火映长天。自孕珊瑚结果,不共群芳凋谢,独有焰花燃。折取一枝看,翠萼吐红颜。

水调歌头·杏花

燕剪故园柳,莺唤早春归。杏花总是多事,惹妒乱撩思。旧恨何曾尽忘,断梦无人能解,弹指半生痴。昨夜晚来雨,今日尽朝晖。

红艳火,翠芳绽,俏盈枝。瑶台又见,丰颊轻抹淡胭脂。好趁风轻云淡,还笑桃慵李俗,独我出藩篱。自料知音少,又恐报春迟。

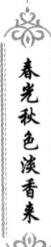

水调歌头·雪花

玉蝶甚多事,轻舞扮飞花。暮来游遍郊野,极目向天涯。独有冰心玉魄,更胜朱唇丹脸,何必待朝霞。月色白如昼,倩影靓篱笆。

琼树上,梅点点,漫枝丫。东君笑问,香絮来自谢娘家。莫待春风送暖,柳色重开素面,此夕即芳华。轻薄应无憾,袅袅落平沙。

水调歌头·牡丹花

国色绽三月,美艳趁新春。午醒倦倚钩帘,窗外雨还抡。苦念桃腮杏脸,昨日脂匀粉淡,泪湿浅香痕。梦里百花谢,醒后不知真。

扶鸾镜,点笑靥,搵朱唇。凭栏凝目,槛外霞染小园新。魏紫姚黄织锦,墨玉红衣浅醉,迓客自精神。回首夕阳下,如舞秀罗裙。

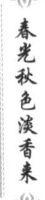

玉蕊随风逸银根　冷韵凝思平生爱　意幽香送瘦影映　清池守候一泓碧　水镜中尽照芳肌　羞同百卉争颜色　绣梦待春归

刘孝孙乌栖曲仙
己亥寒露作 传武书

乌夜啼·水仙

玉叶随风逸,银根冷韵凝思。平生爱意幽香送,瘦影映清池。

守候一泓碧水,镜中尽照芳肌。羞同百卉争颜色,绮梦待春归。

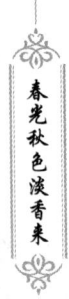

乌夜啼·葵花

青帐轻摇扇,金轮转引朝阳。总嫌雨后黄苞少,漫野有霞光。

不愿邀宾约客,却招蝶往蜂忙。但期凉露秋风起,倾日吐清香。

乌夜啼·蔷薇花

借架垂青幕,依墙更欲高擎。含羞颊染三分醉,无意露红情。

借得玫瑰巧韵,长随月季深情。风摇艳影芳香远,自向绮霞倾。

乌夜啼·桃花

昨夜春风笑,虬枝吐翠抽芽。武陵溪畔游人问,陶令驻谁家?

错把愁丝遥寄,一帘幽梦天涯。红腮才露多情萼,犹似去年花。

乌夜啼·白荷

想是柔肠断,于今减尽红妆。折来细品娇身冷,丽影雪生香。

翠叶含珠欲滴,琼苞洗素凝芳。冰绡褪尽莲心苦,玉骨瘗泥塘。

永遇乐·凌霄花

交缕枯藤,附缘攀上,情寄霄汉。晓接朝阳,晴随落日,雨后霞光漫。仰观苍宇,卧听俗语,高占树头凝远。恨流言、虚名过客,是非甘苦休辩。

疏枝细叶,随风摇曳,乱锦撩人心眼。目送彤云,自洗沉雾,长使愁肠断。抱松添郁,孤芳百尺,点缀嘉林幽院。望长蔓、仙姿袅娜,剪红影粲。

永遇乐·牡丹花

三月春光,芳华争现,须待晴日。晓雨新停,瑶台玉露,碧野彤云逸。黄绒铺锦,朱砂卧雪,魏紫出栏迎日。沉香亭、风前隐约,太真醉醒犹立。

红潮颊润,珠簪斜髻,富贵倚身阡陌。色冠群英,姿羞桃李,娇艳堪倾国。杜鹃声倦,诗魂韵褪,金粉留春无力。夕阳下、佳人倩影,二乔远识。

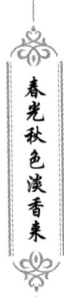

永遇乐·石榴花

　　仲夏熏风,百花凋谢,娇艳方露。晚萼摇红,新枝斗绿,细蕊香如故。绛英掀浪,丹霞吐焰,翠幄挑灯堪数。近佳期、蜂游蝶戏,不知芳心甘苦。

　　罗裙醉舞,仙姿婀娜,竟惹胭脂衔怒。怎忘当年,百花亭下,曾拜杨家女。韶华流水,相思一缕,独守荣光几许?待秋后、珠盈紫府,此生莫负。

永遇乐·白荷

阑外凉风,逐波推浪,翻翠摇素。秀色含羞,娇红敛笑,尚有凌波女。似醒若醒,绡衣半裸,缟袂欲飘仙步。总伤情、怜鸳孤影,这番心思谁顾。

晴空一叶,浮萍开镜,揽棹芳汀深处。绿盖蛙鸣,玉簪蜓立,烟锁来时浦。采莲人远,余歌绕耳,留有清香几缕。归来后、青盘净洗,藕实细数。

香蕙高難盈尺，生根辟土連株。紛枝細葉瘦還疏，滋潤朝風暮雨。不與桃李爭艷，貞情伴月同孤。芳馨淡遠嗅偏無，似在清幽深處。

劉在發西江月咏蘭詩三乙
己亥之冬 趙桂中書

西江月·咏兰

香蕙高难盈尺,生根辟土连株。清芬细叶瘦还疏,滋润朝风暮雨。

不与桃李争艳,贞情伴月同孤。芳馨淡远嗅偏无,似在清幽深处。

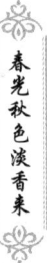

西江月·菊花

不是西风留客,也非秋暮无华。但凭瘦蕾漫枝丫,点染东篱之下。

佳色遍生彭泽,幽香尚在陶家。邀朋置酒赏黄花,乐事赏心无价。

西江月·凌霄花

翠蔓长依高树,绛葩久卧苍虬。朝辉落日自风流,春色秋光同守。

纵有凌云之志,也难飞跃檐头。招来攀附诽名留,得意逍遥如旧。

西江月·桃花

嫩蕊随风摇曳,淡香伴月翩飞。淡脂浓粉染腮绯,引得蜂迷蝶醉。

余梦落花流水,闲愁逐浪相追。一篙漂到武陵溪,欲向桃源林内。

西江月·杏花

绛萼遥临明月,仙葩净沐清风。冰绡叠翠映帘栊,美艳幽香入梦。

春色不知多少,一枝墙外摇红。芳心初动故园中,正欲新花寄送。

西江月·雪花

　　惯爱素妆模样，深情柔似轻纱。虽无茎叶只为花，自在随风飘洒。

　　零落寒塘野水，飞扬海角天涯。冰心玉魄洁无瑕，装点山川如画。

西江月·观梅

　　拄杖寒风助兴，漫天飞雪生情。遥岑美景豁双睛，皓海梅林万顷。

　　小萼珠光点点，疏枝玉蕊盈盈。暗香浮动报春荣，鹊绕娇姿瘦影。

一剪梅·葵花

举盏开怀笑脸昂,夕照留晖,晓日寻阳。
餐风饮露自飘摇,叶驾鸾青,蕾吐鹅黄。

转瞬天高秋自凉,玉粒盈盘,硕果飘香。
清新不改旧时情,美意倾心,厚味流芳。

一剪梅·牡丹花

拂槛清风满苑香。几片妖红,数朵姚黄。
奇葩粉萼自名扬,宁可迟开,不愿争芳。

月照瑶台见艳妆。敨戴霞冠,醉舞云裳。
马嵬坡下草凄凉,梦返杨家,遗恨唐王。

一剪梅·蔷薇花

阵阵香风入室来,沁透罗帏,缭绕茅斋。
一轮皓月映层楼,梦里仙姑,欲下瑶台。
　一道疏篱满架皑,翠叶柔条,霞染云裁。
浅深次第著芳菲,怜惜春光,笑颊迟开。

一剪梅·寻梅

寒日寻芳趁雪晴,冷意无尘,拄杖徐行。
梦入罗浮见花魁,瘦骨仙葩,疏影娉婷。
　小萼伸腰笑伴冰,独占琼枝,自展诗情。
折来几朵拭金钗,无语销魂,一路香清。

一剪梅·芦花

几缕烟霞锁暮秋,残藕香休,深苇迷舟。西风卷雪绕汀洲,金叶飘柔,银穗闲悠。

天冷溪寒水任流,雁阵南游,鸥驻沙丘。孤篷破浪入明眸,醉若无忧,醒又添愁。

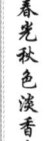

朱裙舞罢影照红,
纱翠柔巧残未歇,
萼柔枝两剪挥儺,
花珠叙艳如霞。

刘存发临江南赋榴花
己亥中秋涤叨 孙宝发书

忆江南·石榴花

红裙舞,丽影照窗纱。翠叶巧裁围秀萼,柔枝细剪捧仙葩,珠缀艳如霞。

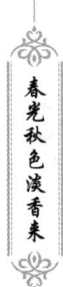

忆江南·海棠花

疏雨过,蜀锦万枝新。玉貌匀脂轻补粉,仙姿弄影暗销魂,飞燕唱三春。

忆江南·梨花

春将暮,雨后日初晴。寂寞东堤千簇雪,缤纷西岸几株冰,玉颊寄离情。

忆江南·凌霄花

凌云志,倚树自高爬。百尺纤藤邀皓月,一条柔蔓锁丹霞,碧影衬奇葩。

忆江南·牡丹花

留春色,醉靥又开迟。娇影亭前闲蝶恋,奇香径畔野蜂迷,带笑锦盈枝。

忆江南·杏花

风约客,小院淡香来。径畔几株娇翠乱,墙中万朵艳红开,碎锦莫争裁。

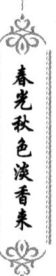

忆余杭·残牡丹

还忆西园,花渐凋零春欲去,红颜尚见两三枝,锦萼笑芳菲。

百般妖艳群芳嫉,数朵婉柔却无力。坠香残蕊落苍苔,未见使君来。

忆余杭·桃花

金谷春来,锦浪红云娇百媚,群仙展袖下瑶台,粉萼竞相开。

去年携手花前立,妒得子规抖双翼。蝶蜂偏爱戏芳菲,难伴燕高飞。

忆余杭·芦花

霜染江滩,荻海苍茫风渐紧,汀深草密隐鸥凫,雪浪锁清秋。

笛声凄楚波心乱,漫忆莼鲈又生念。一怀愁绪更思家,醉眼看飞花。

忆余杭·杨花

天黯云低,隔岸莺声啼不断,留春不住自劳神,心事问东君。

折枝相约溪桥外,忽有絮丝舞飘带。欲扬还坠过长堤,倚树看花飞。

娇小玲珑玉颜冰肌朱颜细
胭脂未染碎颜微冷萼噏芳
菲满园春色花如海 潇洒
淡香惹蜂来嫁风随雨月为
媒丽影对清晖

刘在荻临馀杭梨花
壬辰腊月李延春书

忆余杭·梨花

娇小玲珑,玉颊冰肌香韵细,胭脂未染醉颜新,冷萼笑芳芬。

满园春色花如海,洁雪淡香惹蜂采。嫁风随雨月为媒,丽影对清晖。

江城子·海棠花

晓来细雨送残春，洗妆新，淡香纷。旧枝妍发，叠翠锁彤云。小蕾深藏晴日色，涂粉靥，染朱唇。

江城子·荷花

碧圆舒卷不争芳。洗浓妆，染红裳。凌波逐浪，隔岸送馨香。阵阵冷风兼细雨，摇翠扇，送清凉。

江城子·菊花

云高天碧晚霞凉。叶凝霜，草枯黄。远行归雁，一路逐残阳。更有西风牵寿客，金蕊绽，散幽香。

江城子·凌霄花

锦条十丈绕苍松。翠千重，晚霞红。扶摇直上，举目望苍穹。落日西山归雁远，烟袅袅，雾蒙蒙。

江城子·杏花

黄鹂啼翠唤春归。暖风吹，燕交飞。粉红点点，霞漫小繁枝。远寄闲情休剪断，穿曲径，探深篱。

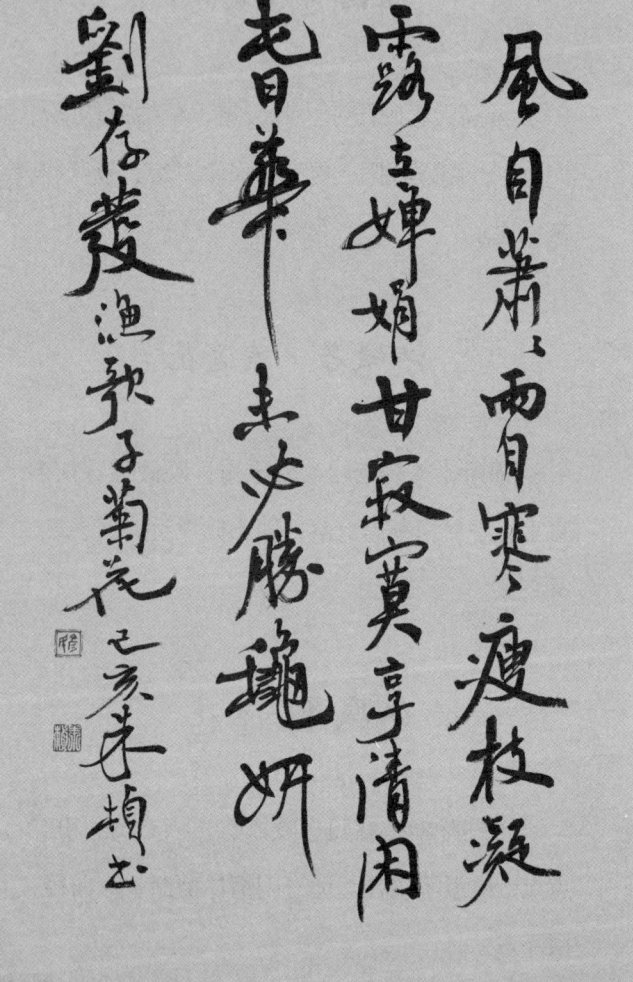

风自萧萧雨自寒,瘦枝凝露立婷娟,甘寂寞享清闲,老来未必胜瑰妍。刘存发渔歌子菊花 己亥朱桢书

渔歌子·菊花

风自萧萧雨自寒,瘦枝凝露立婵娟。甘寂寞,享幽闲,春花未必胜秋妍。

渔歌子·杨花

占尽春光却不知,群花追蝶趁风飞。迷野径,掩荒堤,行天旅地莫思归。

渔歌子·杏花

小院朝来彩燕归,几分春色伴双飞。红影碎,绿荫披,清风细雨助莺啼。

渔歌子·荷花

沐雨熏风始吐芳,仙姿娇艳伴红妆。朝浥露,晚凝霜,茎伸叶展散清香。

渔歌子·梨花

娇萼凝霜月下游,淑姿留影暗香留。争雪艳,竞风流,春光阅尽是离愁。

春光秋色淡香来

天津市书法家协会会员 邱乃奇 书

春到归时始见闻喜
临窗相傍似台红雨
漓艳芳来奇姿试结
晓风裁

己亥秋月邱乃奇书于沽水

渔歌子·牡丹花

春到归时始见开,喜临窗外傍妆台。红雨泻,艳芳来,奇姿只待晓风裁。

兰蕙灵根傍竹栽 经雨素颜开启予保业 人叙春光秋色淡香来

李发先生词 渔歌子咏兰
己亥秋爽 一禾赵伯光书于沽上

渔歌子·咏兰

几簇灵根傍竹栽,经风经雨素颜开。
君子佩,美人钗,春光秋色淡香来。

扇葉輕搖翠幕張開頰迎芳錦冠歸心向日面朝陽秋來滿盞露清香

己亥秋 瑞峰書 劉存發漁謌子葵花

渔歌子·葵花

扇叶轻摇翠幕张,开颜迎客锦冠昂。心向日,面朝阳,秋来满盏露清香。

渔歌子·凌霄花

百尺丰冠绛蕾垂,几条长蔓跃蛟螭。援碧干,绕新枝,迎风耀日竞朝晖。

渔歌子·石榴花

娇艳容颜不及春,迟开偏拟展新裙。裁绛缎,蹙红巾,灯燃夏日照缤纷。

渔歌子·雪花

昨夜梨花漫野飞,今晨银界素妆披。妆玉树,耀琼枝,梅香满径任风吹。

渔歌子·蔷薇花

秀蕾迟开得雨催,秾华深浅任高低。香满径,锦盈枝,援篱卧架觅晴晖。

渔歌子·桃花

十里芳堤绿映红,仙姿含露万枝浓。蜂蝶使,绮罗丛,半开半落笑春风。

渔歌子·海棠花

占尽春光俏几丛,莺啼花下舞轻风。晴滴翠,雨添红,新枝艳比旧枝浓。

感念,有花的日子

——写在咏花词集《春光秋色淡香来》付梓之际

我记忆中的童年,是贫穷的,却是有花的,是幸福的。

那时,每当春天来临,我们班教室南窗外的那片果林,先是梨花犹如皑皑白雪挂满枝头,随即便是桃花撑起一道粉霞,微风徐来,淡香四溢,韵味无穷。那时,我家的小院同样是春意盎然,母亲种的各种草花姹紫嫣红,为寻常百姓的生活增添了无穷的乐趣,即使是冬天里,尚有旱金莲在窗台上凌寒傲放,朵朵争荣。

在我长大以后,努力地创建了自己的小家,营造的小院似乎更有情调。满院的石榴、月季,还有各种应季的草花,客厅靠窗处还搭建了一个不大不小的阳光房,虽然没有什么名贵的花卉,但经过自己一番苦心,培育的花花草草郁郁葱葱,不失雅韵。后来,经历了几次乔迁,住房条件越来越好,可单元客厅内再没有了三米多高的牛舌兰、一米多阔的海桐,以往的诗情画意似乎在我们的生活中逐渐淡去。虽然我那贤惠的妻子偶尔也会从市场上端回几盆不知名的小花，置于窗前，四时争艳，但终归找不到小院花间的情趣和感觉。

后来，自己作为建筑师走遍国内外著名城市，设计了无数的建筑作品，并撰写发表过多部建筑美学专著。但终归还是源于对花的挚爱和深情，在2015年我别出心裁地为自己公司倾心设计出具有文化价值的"红砖坊"及"万和堂"，两个零能耗主题设计将绿色理念融入建筑之中，在主体的中庭、屋顶、跳台全部设计成阳光房，地植兰草、榕树、芭蕉等，花团锦簇，四季如春，着实吸引了不少业内同行和社会各界人士前来参观考察，可谓风生水起。

事业的成功，并不代表人生梦圆。坦率地说，在人生的追梦旅途上，真的是花的情结给了我启迪，给了我智慧。多年来，花的仙姿、花的妩媚、花的心语、花的品格时刻萦绕在我的脑海里，试写几首咏花词，见诸报刊，有了成功的体验，

便有了放飞梦想的胆识。后在同道的鼓励下,断断续续写了三百首咏花词,词句虽然平淡无奇,但能够以真挚的情感借物抒怀,能够通过诗词来体验抒发之畅快,分享所爱,足让我开心、幸福。此次是继个人诗词作品集《寒梅自吐一枝花》之后,以《渔歌子·咏兰》中的结句"春光秋色淡香来"为书名,再度将自己的咏花词结集付梓,也算是人生一大幸事吧!

在本书付印之际,衷心感谢我的家人,有你们的陪伴和支持,才使我生活有爱、心中有诗;衷心感谢我的生活,因为半个多世纪的奔波劳碌,尝遍干事创业的苦辣酸甜,才使我懂得了什么叫真善美、什么是假恶丑;感谢同道和文友,是你们的鼓励和帮助,才成就了我的事业和虚荣,让我在社会上找到了自己的人生坐标,让我儿时最童真的梦变成了现实。同时,我要特别地感谢冯晓光老师为入集作品逐字逐句地校审和斧正;感谢中国楹联学会会长李培隽老师为词集题写了书名；感谢中华诗词学会原常务副会长李文朝将军赐序；感谢天津市书法家协会原主席唐云来老师亲自组织津门书法名家书录墨宝；感谢中国楹联学会副会长陈伟明老师为本书出版付出的辛苦和努力；感谢我的同事、出版社编辑老师们默默无闻的辛勤工作。

  文以载道，词可度人。本册个人诗词作品集的出版成就了我的梦想，点燃了我的人生，我将不负众望，在今后的日子里继续潜心秉烛、修身励志、笔耕心田，让诗词装点生活，把大爱播撒人间。由于本人才疏学浅，作品不尽如人意，还望众家心友和广大读者多多指正。

刘存发

己亥九冬

于天津华厦建筑设计有限公司

声　明

因书法作品题写在前,后作者在各位老师的建议下对原词作的个别文字作了适当修改,所以,现在书中看到的有书法作品与印刷体不同之处。